UN BARRAGE
CONTRE L'ATLANTIQUE

DU MÊME AUTEUR

La trilogie Marc Marronnier :
Mémoires d'un jeune homme dérangé, 1990.
Vacances dans le coma, 1994.
L'amour dure trois ans, 1997.

La trilogie Octave Parango :
99 francs, 2000.
Au secours pardon, 2007.
🤣, 2020.

Romans de non-fiction :
Windows on the World, 2003.
L'Égoïste romantique, 2005.
Un roman français, 2009.
Oona & Salinger, 2014.
Une vie sans fin, 2018.

Nouvelles :
Nouvelles sous ecstasy, 1999.
Petit-déjeuner chez Lapérouse, à paraître.

Essais :
Dernier Inventaire avant liquidation, 2001.
Premier bilan après l'apocalypse, 2011.
Conversations d'un enfant du siècle, 2015.
La frivolité est une affaire sérieuse, 2018.
Bibliothèque de survie, 2021.

FRÉDÉRIC BEIGBEDER

UN BARRAGE CONTRE L'ATLANTIQUE

Un roman français, tome 2

roman

BERNARD GRASSET
PARIS

Bande : Tableau de Thierry Gorostarzu.

ISBN 978-2-246-82655-2

À ma structure, ma Pénélope,
Ma photographe, mon sex-shop,
La mère d'Oona et Lenny
Et la sauveuse de ma vie :
Mme Lara Micheli
Qui porte mon nom, aussi.

« Une fois sorti de l'enfance, il faut très longtemps souffrir pour y rentrer, comme tout au bout de la nuit on retrouve une autre aurore. »

Georges Bernanos,
Dialogues des carmélites, 1947.

« We look at the world once, in childhood. The rest is memory. »

Louise Glück,
prix Nobel de littérature 2020.

« Tous les enfants, sauf un, grandissent. »

J.M. Barrie,
première phrase de *Peter Pan*, 1911.

LIVRE PREMIER

Phrases

« L'idée n'est rien ; sans la phrase, je vais me coucher. »

Jules Renard

Je voudrais faire ici un aveu : je suis complotiste.

Je pense que la nature conspire pour éradiquer l'homme.

L'être humain ayant causé trop de dégâts à la surface de la Terre, il est logique qu'elle songe à s'en débarrasser.

Même si nous comprenons pourquoi le monde cherche à nous éliminer, nous n'aurons pas le choix : nous devrons tout de même nous défendre.

La condition humaine est désormais celle d'un parasite qui cherche à survivre dans un environnement hostile.

Vous vous demandez peut-être pourquoi je saute deux lignes entre chaque phrase.

Les blancs qui entourent les phrases leur donnent une majesté, comme le cadre autour d'un tableau.

Noyées dans la masse d'une page noircie, une phrase perd de son attrait.

Mes phrases respecteront la distanciation littéraire.

Isolée sur la page, ma phrase crâne comme un mannequin dans une vitrine.

Nous sommes à bord d'un bateau qui coule, mais ce bateau, c'est la Terre.

L'intuition de Kafka était juste : il n'y a plus de différence entre l'humanité et le cafard.

Il peut arriver que le blanc qui entoure la phrase devienne plus beau que celle-ci : je n'ai pas dit que mon expérience était sans danger.

Chaque phrase doit donner envie de lire la phrase suivante, mais exister aussi de façon autonome.

L'espace blanc entre les phrases ne les isole pas ; il les expose.

Au matin, la menace océanique semble lointaine.

L'art du romancier consiste à camoufler ses scories.

Je choisis délibérément de faire l'inverse.

Je veux fragiliser mes propositions relatives.

Dans *Autoportrait*, Édouard Levé a imaginé un autre système.

Ses phrases n'avaient pas de liens entre elles ; pourtant l'ensemble de son livre dessinait un homme.

Ce livre recycle son principe de collage discontinu.

La dune du Pyla est un écran de cinéma où le soleil projette son film, dont les nuages sont les acteurs principaux.

Les ombres sur le sable déroulent un scénario de lumière.

« Souvenir » est la bande originale de cette fresque muette.

Pour cesser d'écrire des romans satiriques, il suffit d'écouter Orchestral Manoeuvres in the Dark, pieds nus devant une mer étale.

Je voudrais dénoncer nommément dans ce livre toutes les personnes qui ont comploté à me rendre heureux.

Ma mémoire remonte par bribes désorganisées (ou organisées sans me demander mon avis).

Je ne me souviens que par flashs : mes souvenirs sont stroboscopiques.

Mon passé m'envoie des SMS.

Je sens que je risque de semer mon lecteur en route.

J'ai besoin que mes phrases l'accrochent.

Mes phrases tapinent, aguichent, elles voudraient séduire comme une prostituée dans une vitrine du Red Light District d'Amsterdam.

Une phrase est une phrase est une phrase est une phrase.

Édouard Levé s'est suicidé le 15 octobre 2007 à Paris.

Considérons que chaque phrase notée ici reporte mon suicide d'une journée.

Cette phrase a sauvé ma vie, et la suivante, et la suivante, jusqu'au jour où plus rien ne viendra, et pan.

« Sois pareil à un promontoire contre lequel les flots viennent sans cesse se briser », dit l'empereur Marc Aurèle.

Je décide désormais de m'interdire les citations ; celle de Marc Aurèle sera la seule (avec les exergues).

La citation est une phrase dont on n'est pas propriétaire : une locution de location.

Seul sur sa digue immense, Benoît Bartherotte se tient debout comme Marc Aurèle, face à l'océan, à la pointe du Cap Ferret ; à ses pieds se brisent sans cesse les flots.

Le pape François a dit qu'il fallait construire des ponts plutôt que des murs.

Il a oublié les digues.

Les digues sont des murs marins qui protègent la terre des inondations.

Une digue est aussi un pont qui avance sur l'eau sans atteindre l'autre rive.

Proust contemple sur une digue les jeunes filles en fleurs, qu'il compare à un bouquet de corail.

Bartherotte a bâti une digue pour sauvegarder l'extrémité sud de la presqu'île de Lège-Cap-Ferret, en Gironde.

Cette langue de sable, absurdement mince, prétend séparer le bassin d'Arcachon de l'océan Atlantique.

Comme dit un écrivain bordelais, Guillaume Fedou : « Le Cap Ferret est le clitoris de la France. »

Il faut le visiter souvent, sinon la France est de mauvaise humeur.

Voici une carte pour mieux comprendre la beauté de la situation.

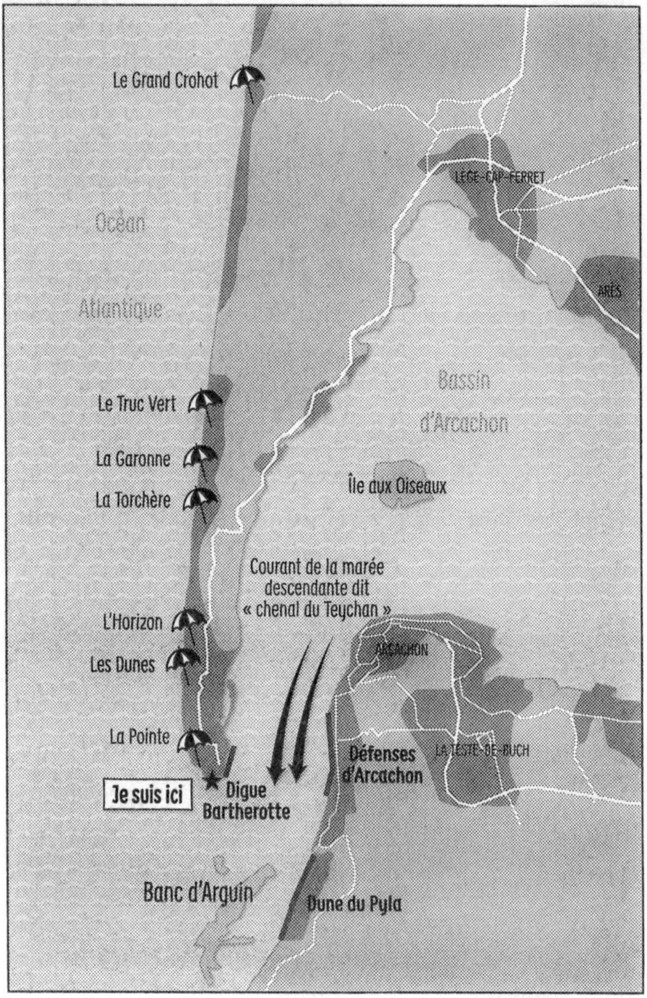
Le Grand Crohot
Océan
Atlantique
LÈGE-CAP-FERRET
ARÈS
Bassin
d'Arcachon
Le Truc Vert
La Garonne
La Torchère
Île aux Oiseaux
Courant de la marée
descendante dit
« chenal du Teychan »
L'Horizon
Les Dunes
ARCACHON
La Pointe
Défenses
d'Arcachon
LA TESTE-DE-BUCH
Je suis ici
Digue
Bartherotte
Banc d'Arguin
Dune du Pyla

Le Cap Ferret est la langue de plaisir située devant Arcachon.

En face d'elle s'élève la dune de sable du Pyla, la plus haute d'Europe.

Entre la pointe du Cap et la dune du Pyla, à marée basse, apparaît une île exotique, le banc d'Arguin, où se posent les oiseaux en hiver et les bourgeois bohèmes en été.

Benoît chatouille l'extrémité sud de cette pointe depuis quarante ans.

Au niveau du phare, la bande de terre ne mesure qu'un kilomètre de large.

Chez Benoît, la distance entre l'océan et le bassin est de cent mètres, puis cinquante mètres, puis zéro : c'est là qu'il se tient, en plein vent.

Benoît vit ici depuis sa naissance.

Il résidait dans l'avant-dernière maison, puis il a acheté la dernière maison, qui s'est écroulée ; il l'a reconstruite en même temps qu'il entamait sa digue de protection maritime.

Je lui dis : « Tu as bougé de cent mètres en une vie. »

Il sourit : « Un peu moins. »

Il ajoute : « Je suis resté sur mes racines…

… Je ne vieillis pas, je pousse. »

Sans mémoire, on a besoin d'un point fixe, d'un lieu unique.

Moi aussi, je cherche l'immobilité qui donnera à mes enfants les souvenirs que je n'ai pas.

La discontinuité est une liberté qui égare.

Toute phrase devrait être un silex.

Un silex ne fabrique d'étincelles qu'entrechoqué à un autre silex.

De même, la digue Bartherotte est un empilement de rochers, de poteaux électriques et de traverses de train.

Entre 1985 et 1995, Benoît a déversé un million de tonnes de gravats pour défendre la Pointe.

Tout le monde dort sur la Pointe, sauf moi.

La nuit, je n'écris pas de phrases ; j'écris « Phrases ».

Un autre principe est celui imaginé par Éric Chevillard.

Son « Journal autofictif » est un prodige de phrases déconnectées.

Il est tout de même regrettable d'être précédé par quelqu'un d'aussi doué.

David Foenkinos, dans *Charlotte*, a tenté un récit biographique qui revenait à la ligne après chaque phrase.

Son but était analogue : rendre la lecture plus intense.

Je pouffe en imaginant la tronche de Chevillard comparé à Foenkinos.

Je ne les rapproche que pour expliquer la situation : beaucoup d'écrivains contemporains ressentent le besoin de séparer leurs phrases.

C'est la faute à Chamfort, qui copiait sur le livre des Proverbes dans la Bible.

Il est crucial de réinventer notre façon d'écrire si nous ne voulons pas que la littérature disparaisse au XXIe siècle.

Non, Twitter, vous n'avez pas le monopole de l'apophtegme ; vous ne l'avez pas.

Lincoln au Bardo de George Saunders intercale des phrases de fantômes dans un cimetière.

Alexandre Labruffe imite les bribes des *Cool Memories* de Baudrillard : une construction en pointillés, comme ces dessins dont je reliais les points numérotés à l'âge de cinq ans, pour finir par voir apparaître Mickey pilotant un avion.

Les romanciers contemporains ne savent plus comment ressusciter les phrases.

Les phrases se multiplient sur les réseaux digitaux : les romanciers ne doivent pas seulement vaincre la concurrence des autres romanciers, mais aussi celle des emails, des sms, des posts, des alertes, des retweets…

C'est comme s'il y avait une fuite des phrases : elles quittent les livres vers le nuage.

Elles s'envolent du papier réel vers un univers virtuel.

Il faut stopper l'hémorragie.

Écrire ce livre est non seulement un geste de survie, mais une tentative pour restaurer le prestige de la phrase nue.

Même Donald Trump n'a pas suffi à disqualifier les tweets ; il faut porter l'estocade.

Et voilà comment on transforme un recueil de billevesées en manifeste politique.

L'idée est simple : pour sauver les phrases, il faut peut-être sacrifier le roman.

Littérairement, je ne suis pas écolo.

Ce stratagème permet aussi d'augmenter la pagination de ce livre.

Je ne suis pas un escroc : j'annonce la couleur.

J'attends d'écrire la meilleure phrase de ce livre.

Le lecteur est probablement dans le même état que moi : une expectative de plus en plus molle, une démotivation progressive, une impatience polie qui tournera bientôt au haussement d'épaules.

Comme un trompettiste de jazz, je cherche la phrase bleue.

Il n'y a pas un monde d'avant et un monde d'après.

Il existait un monde avant, et aujourd'hui il n'y a plus de monde : en 2020, il n'y a plus rien, ni personne, nulle part.

Le monde se claquemure.

Nous avons été des cigales et maintenant il ne nous reste plus qu'à devenir fourmis – on va ramper, se terrer, se calfeutrer et regretter.

L'être humain a connu des hauts et des bas ;
Il va descendre à présent
À la cave pour longtemps.

Dans la grande cabane Bartherotte, l'armoire à doubles battants est entourée de masques africains.

Dans cette maison en bois inspirée des cabanes d'ostréiculteurs, les commodes XVIIIe contrastent avec les murs de pin.

Les vieux fauteuils sont recouverts de tapis devant la cheminée en pierre, alors que tout le reste est en bois qui craque.

De petites lampes à abat-jour jaunes imprimés de cartes géographiques sont disséminées partout dans le séjour, sur des guéridons où s'empilent les livres de photographies du Ferret et les vieux exemplaires du *Chasse-Marée*.

D'immenses paniers de rotin sont emplis de pommes de pin pour allumer le feu.

Au-dessus d'un piano Pleyel désaccordé, des gravures anciennes représentent des bateaux qui n'existent plus.

Au mur sont accrochées les photos jaunies d'ancêtres en maillot de bain ;
ils sourient encore
malgré leur mort.

Entre les grandes fenêtres ouvertes sur la mer, Martin Bartherotte a peint des danseuses africaines.

Dans le grand salon on trouve aussi cornes de buffles, poteries de terre cuite, assiettes de porcelaine dessinées, et la maquette d'un paquebot, et un buste d'aristocrate en marbre, des tortues métalliques, un crâne de gorille, des statues zouloues, des troncs d'arbres, une pirogue, une longue-vue, une armoire chinoise, un pouf marocain, une lanterne japonaise, des fusils de chasse, des accessoires de pêche, une paire de jumelles de la Kriegsmarine, et tout ce bric-à-brac sur fond de ressac donne le sentiment d'investir une caverne d'Ali Baba, pleine de trésors à embarquer sur un navire de pirates vers les mers du Sud, ou un grenier archivant le monde des siècles précédents, comme dans la première abbaye bénédictine, à Monte Cassino.

La décoration de la cabane me fait penser à ces capsules temporelles que des fous enterrent dans leur jardin pour sauvegarder quelques bribes de l'humanité après son extinction.

Je dis à Benoît : « Tu as accumulé tant de souvenirs… »

Il répond : « Ce ne sont pas des souvenirs mais de la sédimentation. »

« Au fur et à mesure, on devient archéologique. »

Ma chevelure au vent est celle d'un vieux jeune, une parodie de nouveau romantique.

Je suis trop ébouriffé pour pouvoir me permettre ce visage émacié : les mèches qui l'encadrent allongent mon faciès de Capitaine Crochet.

La barbe de moins en moins noire ne cache plus assez mon menton.

Ma physionomie se renfrogne à mesure que mes dents se rognent.

Je ressemblerai bientôt à ces clodos édentés qui éructent le nom du président de la République dans le métro.

Je serai le Sim des discothèques.

Une cage thoracique proéminente posée sur deux cannes de flamant rose : sérieusement, qui a envie de ressembler à un Giacometti en maillot de bain ?

Je suis un phasme à échelle humanoïde.

J'évite ce sujet par crainte d'être banal mais le moment est venu de l'admettre : je fais une dépression nerveuse comme tous les héros de romans contemporains.

Quand on a la flemme de tout, cela s'appelle un burn-out ou juste la vieillesse ?

Tard dans la nuit, Benoît me dit : « Tu sais quel est ton problème ? Tu as tellement fait semblant d'être un connard que les gens ont fini par te croire. »

Et il éclate d'un rire sonore à réveiller les cormorans.

Mon histoire est celle d'un homme qui a tellement tout tourné en ridicule qu'il ne sait même plus comment retrouver le sérieux.

Je ne pense qu'à dormir.

Je gobe des somnifères dès le matin, comme des M&M's.

Je n'arrive plus à écrire autre chose que : je n'arrive plus à écrire.

Le moment que je préfère est celui où je me rendors pour tourner le dos à la vie.

Je serre les dents si fort la nuit que je les broie.

Je me réveille avec des crampes aux mâchoires.

La vie d'un homme qui ne croit pas en Dieu est la plus triste de tout l'univers.

Je voudrais être heureux mais je n'y arrive pas ; quelque chose m'en empêche toujours.

Je sais aujourd'hui que mon malheur résulte de moi uniquement.

Ma femme m'a chassé de mon domicile pour que je puisse écrire que je ne peux pas vivre sans elle.

Savoir qu'on est responsable de son chagrin n'en guérit pas.

J'ai bien profité du monde précédent car j'ai toujours eu l'intuition que, plus tard, ce serait la grosse merde, et maintenant que ça y est, nous y sommes, je cours me réfugier dans un paradis endigué.

Une société qui interdit aux gens de se serrer la main ou de s'embrasser mérite sa disparition.

La digue transmute ce banc de sable de Gironde en Hollande bahamienne.

Le banc d'Arguin apparaît à marée basse et disparaît à marée haute : un mirage aussi provisoire que le reste.

Le Cap Ferret est un môle naturel, un promontoire de sable qui protégeait Arcachon jusqu'à ce qu'au XIXe siècle, la construction en dur d'Arcachon ne lui renvoie ses courants destructeurs.

Un drapeau français s'effiloche au bout d'un mât.

Plus haut, la Croix des Marins domine la colline de sable.

Manière pour le monarchiste Bartherotte de signifier que sa digue protège aussi un territoire hautement catholique.

Depuis le Moyen Âge, 17 500 kilomètres de digues et barrages ont créé aux Pays-Bas une terre sous le niveau de la mer.

Le Cap Ferret est un pays très bas.

Sans les travaux d'endigage de Benoît, j'écrirais ceci sous l'eau.

Je note mes phrases sur un territoire qui a été condamné par l'État dans un Plan de Prévention des Risques Littoraux (PPRL) : selon les études officielles des autorités publiées en 1994 puis en 2001, le sable sur lequel je suis assis devrait être sous-marin depuis 2014 ; ils prévoyaient un recul du trait de côte d'au moins deux cent cinquante mètres.

À New York, en ce moment même, la municipalité se prépare à la montée des eaux et construit des murs pour survivre aux inondations.

D'ici 2050, de nombreuses villes côtières, deltas agricoles et petites îles seront exposés chaque année à des risques d'inondations et de pertes de terre.

Monaco et Singapour avancent sur la mer pour se protéger.

Planquées dans de longs développements, les phrases se serrent les coudes ; comme les hommes, elles sont plus courageuses en groupe.

Les paragraphes permettent aux phrases de se cacher les unes derrière les autres.

Je me prends pour un poète, alors que je ne suis qu'un phraseur.

J'imagine que tout lecteur de « Phrases » se demande combien de phrases il va supporter, combien de pages je vais tenir sans commencer à raconter une histoire.

Ce qui donne envie d'écrire un livre, c'est une soif non étanchée.

Une soif non étanchée reste une soif ; une soif étanchée n'est plus rien.

Lire c'est attendre que des mots apportent une réponse qui ne vient jamais.

Le plaisir de la lecture se délecte de ce désir inassouvi.

Benoît Bartherotte est le fil conducteur de ce récit ; chaque fois que je m'égarerai, vous le verrez réapparaître.

Depuis quarante ans, il jette des rochers dans l'océan, à la pointe du Cap Ferret.

Ce déversement de roche protège sa propriété, mais aussi de nombreuses autres maisons situées dans les « 44 hectares », la zone la plus prisée du Ferret.

Les 44 forment un ghetto de riches, comme les parcs de Saint-Tropez ou la villa Montmorency, mais en remplaçant le costume Arnys par le look Robinson Crusoé en Tod's.

C'est là que ces phrases ont été jetées sur le papier, comme des vagues sur une plage blanche.

Mais quand on se bat contre la mer, n'est-on pas certain de perdre ?

C'est comme lutter contre la mort.

L'inéluctabilité de la défaite n'interdit pas de célébrer chaque jour de rabe comme une éphémère victoire.

Quelle est la phrase qui rendra les gens heureux ?

Existe-t-il une phrase qui m'empêchera de mourir ?

Je me crois mélancolique alors que je ne suis que nostalgique.

Certaines phrases se surestiment : elles se prennent pour des maximes, comme une instagrammeuse se prend pour une star.

Mes phrases préférées sont les phrases qui n'ont pas d'autonomie.

Celles qui ont besoin des autres pour exister.

Celles qui ne tiennent pas debout toutes seules.

Je les trouve plus émouvantes, isolées et cependant reliées.

Elles flottent.

Ce sont des phrases sans gravité, des silex gonflés à l'hélium.

Ce matin encore, plusieurs camions remplis de pierres sont venus déverser leur cargaison devant ma cabane, dans un fracas de tonnerre.

Ce qui est beau dans ce combat contre la nature, c'est sa vanité.

Bartherotte est le Sisyphe gascon.

Il préside l'ADPCF : « l'Association de Défense de la Pointe du Cap Ferret ».

Chaque jour, il pousse son rocher vers le fond de l'océan.

Et le lendemain, il recommence.

Malgré le vacarme, mon chien ne s'est même pas réveillé ; il dort tout le temps.

Je ne sais pas comment je m'apercevrai de son décès ; l'odeur, probablement.

Je cherche à dire quelque chose que j'ignore.

Il faut continuer de creuser.

Chaque phrase est un coup de pioche au fond d'un tunnel dont l'entrée s'éloigne mais dont la sortie n'est pas géolocalisée.

« Phrases » finira par signifier quelque chose que ses phrases n'ont pas encore trouvé.

La méthode pour rédiger ce livre est assez simple, puisqu'elle a consisté à attendre la fermeture mondiale des bars, des restaurants, des boîtes de nuit, des palaces, des cinémas, des théâtres et des frontières pour atteindre un niveau maximal d'ennui et de désœuvrement dans un environnement provisoirement préservé.

À un moment j'aimerais trouver une phrase qui me fasse pleurer.

« Phrases » est un jeu terriblement exigeant dont l'auteur modifie les règles au fur et à mesure qu'il le perd.

Je rêve qu'on imprime des cartes postales avec des morceaux de « Phrases », et qu'elles soient retrouvées après l'extinction humaine, par des extraterrestres, sur le tourniquet de la gare désaffectée de Facture-Biganos.

Il s'agit, par l'écriture, de vaincre le blanc.

Une phrase ce sont des mots qui gagnent une bataille contre le néant.

Lire « Phrases » permet de comprendre ce qu'est la littérature : la victoire de l'encre sur le vide.

Si vous êtes arrivé jusque-là, c'est grâce à ce véhicule : de phrase en phrase, nous voyageons ensemble.

Chaque phrase est un caillou jeté dans l'océan.

Bartherotte n'est pas d'accord avec ce que j'ai écrit plus haut : il ne considère pas qu'il « combat la nature ».

Faisant partie de la nature, il en accepte les règles, et utilise sa force.

Comme un marin qui se sert d'un vent de face en tirant des bords pour avancer au lieu de reculer.

En voile, on dit que ton bateau doit être ARDENT quand il remonte bien au vent.

Bienvenue dans l'ardente ère post-romanesque.

Chaque soir, en ouvrant une bouteille de bordeaux, Benoît récite « Le Bateau ivre » en souvenir de son ami Claude Lanzmann, qui connaissait le poème par cœur.

Claude Lanzmann a failli se noyer dans la passe devant cette cabane en 2017.

Il tenait à se baigner tous les jours, malgré le charroi épouvantable des courants et les sables mouvants, les baïnes attirant vers le fond comme une chasse d'eau, par tourbillons jusqu'à la barre au large, qui engloutit les derniers récalcitrants.

Entraîné par le courant vers le large, il ne dut son salut qu'au courage des sauveteurs de la gendarmerie nationale.

Cela ne l'empêcha pas de décéder l'été suivant, le 5 juillet 2018.

Quoi qu'il arrive dans la vie, à la fin, Claude Lanzmann meurt.

La première fois que j'avais rencontré Claude Lanzmann, c'était sur le plateau de « Rive droite / Rive gauche » en 1997.

Je me souviens d'une réplique merveilleuse.

Ardisson le présente : « Nous recevons Claude Lanzmann, le réalisateur de *La Shoah.* »

Et Claude de rectifier immédiatement : « Ah non, *La Shoah* c'est Hitler. Moi c'est *Shoah.* »

Je ressens une joie d'écrire au-delà du sens, un plaisir du jeté de la phrase sur le papier qui me semblait perdu, oublié à tout jamais.

Libérées du poids du roman, les phrases se promènent dans la blancheur avec une énergie indomptable ; leur inutilité fait leur force.

Je vais quelque part dans le matin gelé, griffonnant des mots pour vaincre le silence, à la recherche de la phrase qui me ressemblera le plus, tout en ne ressemblant à aucune autre.

L'auteur se fraye un chemin dans la blancheur ; le lecteur pourrait bien s'y égarer.

L'auteur tente de survivre, le lecteur de ne pas s'emmerder.

L'auteur veut affronter la mort, que le lecteur fuit.

La littérature est un corps à corps entre deux cerveaux.

Tout est parti d'un tableau dans la vitrine d'une galerie, située à l'entresol de la maison de l'Infante, à Saint-Jean-de-Luz.

L'artiste se nommait Thierry de Gorostarzu, le Edward Hopper basque.

Un tableau en vitrine représentait un fauteuil Louis XV recouvert d'un coussin à rayures vertes et blanches, sous la tonnelle d'une cabane en bois, posé devant un bureau d'écrivain, avec un encrier, une plume, des carnets ouverts, trois livres anciens, sur une plage exotique.

Travailler dans des conditions pareilles est le rêve de tout écrivain.

J'avais l'impression de reconnaître cet endroit.

Je suis entré dans le bâtiment rose qui abrita la fiancée de Louis XIV en 1660 et j'ai demandé le prix du tableau.

Il n'était pas excessivement onéreux, or je venais de gagner un peu d'argent : je l'ai donné au galeriste et j'ai ramené le tableau chez moi.

L'après-midi même, j'ai eu une intuition en observant la peinture posée contre le mur de mon salon : j'avais déjà vu ce bureau balnéaire.

Je me suis senti « appelé ».

Un fauteuil Louis XV sur une plage ? Après tout, la peinture se situait peut-être en France…

Mais une plage aussi déserte, large et rectiligne, ne pouvait pas se trouver en Méditerranée.

Je pensais plutôt aux longues plages des Landes…

J'ai envoyé une photo du tableau à un esthète que j'avais rencontré des années plus tôt, un érudit landais à la mémoire aussi fournie que sa barbe, pour lui demander s'il connaissait ce peintre basque nommé Gorostarzu.

Benoît Bartherotte m'a rappelé tout de suite : « Oh ! Un revenant ! »

Il m'a affirmé que ce Basque figuratif était venu chez lui peindre sa cabane, que le fauteuil Louis XV était le sien, et que mon tableau représentait la cabane où j'avais dormi il y a vingt ans après une nuit blanche.

À son tour, il m'a envoyé une photo de son fauteuil sous la véranda, devant l'océan, identique en tout point à celui de mon tableau.

J'avais acheté cette peinture parce que sans le savoir, je voulais revenir sur cette plage.

Le soir même, j'ai quitté Guéthary, roulé vers le nord, jusqu'à la pointe du Cap Ferret.

Victime de ce que Paul Valéry nomme « l'engourdissement familial », je croyais nécessaire de m'éloigner du bonheur pour travailler.

Pensant acquérir la peinture d'une île lointaine, j'avais acheté un tableau régionaliste à odeur de varech.

Mon voyage n'était pas exotique mais historique.

Je ne voulais pas voyager, mais remonter le temps.

Si Laura Smet ne m'avait pas présenté Benoît Barthérotte, je ne serais pas devenu barbu.

Ma barbe est le résultat d'un complot du Sisyphe ferretcapien et de la fille de Johnny Hallyday pour augmenter ma pilosité faciale.

Cet été-là, en 2004, où Laura m'a emmené de force chez celui qu'elle surnomme « son père spirituel », je suis arrivé glabre et reparti pileux.

Laura m'a présenté à Benoît parce qu'elle voulait son avis sur moi.

Elle avait besoin de son « nihil obstat » avant de tomber amoureuse.

Ayant lu *99 francs*, Elisabeth, dite Zaza, son épouse, avait statué d'emblée : « C'est rien pour toi ! »

Benoît me fit passer plusieurs tests mais j'ignore lesquels.

Il a peut-être regardé mes pompes (des espadrilles), d'où venait ma famille (du Béarn et du Périgord), si j'étais un starfucker ou un soupirant sincère ; il scrutait mes yeux, cherchant la faille.

Jamais je ne me suis senti autant scanné aux rayons X du « Padre », comme l'appelle son fils Antonin, que lors de cette première rencontre.

Ce qui me préoccupait le plus n'était pas le jugement dernier du patriarche mais la compétition des yeux turquoise de Laura avec ceux de Zaza, leur clarté pétillante contre la pupille dorée, il y avait de quoi se sentir scruté par tous ces iris d'aigue-marine au milieu de l'océan.

Ce sont deux femmes que l'on peut regarder dans le bleu des yeux.

« Bon ça va, déclara finalement Benoît quand j'avais atteint le seuil maximal de sudation des joues, il est franc du collier, sa famille est paloise, il connaît Francis Jammes et tient le pomerol… »

« … Il est trop vieux mais je m'attendais à pire. Il ressemble presque à un être humain. Regardez ses joues rouges. Il faut reconnaître qu'il a fait l'effort de venir jusqu'ici, on ne va pas le jeter à la baille tout de suite. »

Je fus adoubé au Sailfish à coups de shots puis au Wharfzazate à coups de ventre.

Laura m'a convaincu de ne plus me raser en affirmant que cela augmentait ma « bogossité ».

Si je suis le chaînon manquant entre François Nourissier et Sébastien Tellier, c'est la faute de Laura.

Pourquoi ai-je voulu revenir sur cette Pointe qui ne devrait plus exister ?

En regardant l'océan, je me rends compte que je voudrais écrire une phrase qui soit en quelque sorte comme son reflet miroitant, une phrase paisible et étincelante, qui ne raconte rien d'autre que son propre flot, qui aille et vienne, qui se contente d'exister sous le soleil, une phrase qui serait uniquement liquide, limpide, imposante mais sans prétention, une phrase qui vive, bouge, qui lèche la page comme l'écume sur le sable, une vague confiante et infinie qui avance et recule sur le blanc comme sur un banc de sable, de gauche à droite et recommence, inlassablement, son balancement de lettres, son parallélisme linéaire, son hypnose de mots, une phrase interminable qui fasse tourner la tête de son lecteur d'ouest en est et inversement, tel le spectateur d'un match de tennis à Roland-Garros, une phrase qui ferait tellement d'allers et retours qu'elle donnerait le tournis, une phrase qui obligerait à consulter un kinésithérapeute pour guérir d'un torticolis, et au masseur en blouse verte qui lui demanderait quel sport a pu causer une telle douleur à sa nuque, le blessé serait bien obligé d'en dénoncer le coupable : une phrase, docteur.

Le chant du moineau le matin me stressait quand je rentrais me coucher en ville, surtout quand au lieu d'aller au lit, je devais parler dans un micro à des millions de gens ; il ne me terrorise plus au bord de la mer.

Écrire est la façon la plus discrète de paniquer en public.

Derrière les pins, le ciel s'est empli de nuages mauves qui glissent comme des cygnes dans lesquels on aurait injecté de l'ADN de flamant rose.

Loin de moi, à Guéthary, deux enfants pleurent mon absence sur WhatsApp mais je resterai insensible aux doléances alimentaires de biberons-addicts indifférents à ma révolution de la prose du XXIe siècle.

Bousculer la narration classique exige quelques sacrifices humains.

Une escadrille d'oiseaux migrateurs forme un V dans le ciel au-dessus de ma tête, comme une flèche pointée vers l'Afrique.

À travers les fenêtres, j'aperçois, au bout du chemin sablonneux bordé de yuccas, le grand pin penché dans les premiers rayons du soleil qui évaporent la brume du matin.

Cet arbre rouge, en déséquilibre, qui menace de s'effondrer, est la tour de Pise de la Pointe.

Il est l'inventeur de la stabilité de traviole.

Le pin sinueux, squelettique, s'élance vers le ciel mais rate son envol, prisonnier de ses racines.

Son tronc mince semble un trait de pinceau bâclé par un peintre japonais sur la toile des nuages.

Toute phrase est une fenêtre sur le monde.

Tout livre est un vitrail : on tente de voir autre chose au travers.

Je voudrais écrire une phrase qui ouvre sur une autre dimension, comme un buvard imprégné de LSD.

C'est peut-être ça que je recherche : être un dealer de phrases.

Un écrivain, c'est un type qu'on attend pendant des heures afin qu'il vous fournisse la substance qui vous manque.

Une phrase réussie devrait modifier la conscience de son lecteur comme un produit stupéfiant.

Ce qui me plaît c'est de pondre une phrase par jour comme un artisan prosateur, sans possibilité d'y couper : l'obligation de produire, l'impérieux « nulla dies sine linea » de l'exercice lui confère une modestie, la force de la routine.

La littérature est un ensemble de techniques destinées à faire passer l'écriture de phrases pour un art noble et difficile alors qu'il s'agit d'un geste simple et quotidien comme de couper des tranches de saucisson sec sur une planche en bois.

La pleine lune ronde éclaire la plage comme une poursuite blanche cerne un chanteur sur la scène du Bataclan.

La lune descend ou monte dans le ciel comme un yoyo fluorescent dont on aurait effacé le fil sur Photoshop.

La littérature consiste à attendre la phrase dont personne n'a besoin.

Et tout d'un coup, blam, elle devient la chose la plus indispensable de toute votre existence.

Hey, je n'ai pas dit que le miracle adviendrait tout de suite.

Ce qu'il faut, c'est renoncer.

Quand vous aurez laissé tomber toute expectative, bim : the sentence.

Le mot anglais « sentence », pour dire « phrase », résonne comme un verdict, une punition solennelle.

Il m'est arrivé d'obtenir ce que je désirais précisément au moment où je cessais de le désirer.

Le frémissement des feuilles du laurier derrière la vitre de ma chambre est l'unique preuve que je ne regarde pas une photo.

La vie dans une grande ville augmente la sensation de solitude alors que le campement campagnard donne l'illusion d'être intégré.

Ce livre traversera le temps comme un exemple d'impasse.

Le Cap Ferret est un cul-de-sac géologique ; quand on parvient à son extrémité, il ne reste plus qu'à faire demi-tour et revenir sur ses pas.

Je tape cette phrase comme on tape un trait : vite, en secret, en vérifiant autour de moi que personne ne m'a vu, et avec la même conséquence que la drogue – hypertrophie de l'ego, suivie de haine de soi, honte de vivre, lassitude et sentiment de persécution.

Je suis un littérature-addict, un phraséophile.

Un hommage à ce livre serait de recouvrir les phrases qui vous déplaisent avec du Tipp-Ex.

Chaque phrase qui commence ramène son auteur à la case départ.

À chaque fois qu'on revient à la ligne, on invente la même utopie que le premier Sumérien qui a eu l'idée de graver sa tablette d'argile avec un stylet cunéiforme – même si l'on tapote sur un clavier Apple.

La phrase est une traversée horizontale vers la verticalité.

Les meilleures phrases sont des horizons qui vous transcendent vers Dieu, le passé, l'univers, un souvenir d'enfance, ou la digue Bartherotte.

Il faut voir « Phrases » comme une collection de papillons épinglés vivants par un maniaque.

Cela ne sert à rien, c'est peine perdue, mais peut-être qu'un jour, mon semblable, mon frère, tu admireras cette hécatombe.

Avec,
    Parfois,
        Des mots qui tombent,
            Sans parachutes,
                Comme des gens.

Il y a deux sortes d'humains : ceux qui ont du sable dans leurs chaussures, et ceux qui n'ont pas de sable dans leurs chaussures.

Benoît appartient à la troisième catégorie : ceux qui ne portent pas de chaussures.

Suis-je déjà perdu ?

Aujourd'hui j'ai trouvé deux vers de T.S. Eliot, cités par Marie Modiano dans la *Nouvelle Revue Française.*

« In the room the women come and go

Talking of Michelangelo. »

Je m'étais interdit les citations mais j'aime trop désobéir, surtout à moi-même.

Ces deux vers sont l'exception qui confirme la loi.

Et qui a dit que je n'allais jamais tricher ?

J'imagine ces femmes qui marchent en parlant de Michel-Ange, belles, forcément, sinon elles parleraient d'autre chose, et bien habillées, c'est sûr, très raffinées, peut-être italiennes, oh comme je voudrais entrer dans ce poème, emménager dans ces phrases, je suis à peu près certain qu'elles ont des choses à dire sur la chapelle Sixtine et nous pourrions deviser nonchalamment de la beauté en retirant nos vêtements au ralenti comme dans une publicité pour parfum en noir et blanc datant des années 1990, peut-être filmée par Mondino.

Mondino est le photographe qui faisait danser les mots.

Pourquoi ai-je perdu de vue tous mes amis ?

Le confinement n'est pas une excuse ; je suis isolé depuis bien plus longtemps.

Ce n'est pas parce que je voyais beaucoup de monde que j'étais moins seul.

Dans mon enfance, j'ai souvent voyagé en train-couchettes, bercé par le claquement métronomique à quatre temps des roues métalliques sur les rails.

Quand le train de nuit fut remplacé par les caravelles Air Inter, la planète s'est réchauffée et mon passé s'est éloigné.

Le seul critère de la réussite d'une phrase, c'est l'élan.

Sujet-verbe-complément doit être remplacé par : prise d'élan, course, envol et atterrissage sous les applaudissements, merci, merci, je n'ai fait que mon travail de saut en longueur lexical.

Je m'aperçois que je vais devoir raconter qui je suis, mon enfance, ma jeunesse, mon pays décevant, ma solitude interne, et où je me trouve maintenant, comment ce lieu fichu a été protégé.

Comme dans mes copies de Sciences-Po, nous allons, dans un premier temps, décrire le passé, avant, dans une seconde partie, de démontrer pourquoi l'insouciance est une guerre.

En conclusion nous reviendrons sur l'inconséquence totale du monde d'avant, en soulignant qu'elle portait le nom pompeux de : liberté.

Élever un mur de passé pour se protéger du présent.

Mon passé a existé ; personne d'autre n'a vécu ma vie.

Tous les hommes qui regardent longuement la réverbération du soleil sur les vagues deviennent-ils *automatiquement* des paresseux ou des sages ?

Soudain il s'aperçut que sa vie s'achevait.

Je n'écris pas, je tricote : une phrase à l'endroit, une phrase à l'envers.

Je ne sais pas ce que signifie réussir sa vie mais je sais que je vais remettre une pomme de pin dans le feu.

Se réfugier quand tout va mal pour revenir quand tout allait bien, ne plus bouger de 1985 : c'est donc cela, le gâtisme ?

Pourquoi n'ai-je pas les mêmes souvenirs à cinquante-cinq ans qu'à quarante-deux ?

Mon enfance a changé.

Mes débuts amoureux ont pris une importance qu'ils n'avaient pas auparavant.

Une île apparaît : mes vingt ans.

LIVRE 2

Sur le bord du monde et de la nuit

« Le parfait névrosé, se dit-il en se regardant dans la glace. Sous-produit d'une idée, scorie d'un rêve. »

Francis SCOTT FITZGERALD,
L'Après-midi d'un écrivain, 1936

Benoît Bartherotte a quitté définitivement Paris en 1985.

J'avais vingt ans et le téléphone portable n'avait pas encore été inventé.

Tous mes amis étaient injoignables.

Partout dans Paris, des sonneries résonnaient dans des salons vides.

On s'écrivait des lettres et puis l'on attendait à la terrasse d'un café une jeune fille qui n'arrivait jamais.

C'était horrible sur le moment ; c'est merveilleux d'y repenser aujourd'hui.

1985… le temps passé à souffrir pour rien, à se rater, à laisser des messages sur des répondeurs automatiques, des mots sur des cartes de visite que l'on cornait en haut à droite pour signifier qu'on était venu la déposer en personne.

Souvent vous appeliez la fille de votre vie et tombiez sur son père ou sa mère.

Bafouillant, vous demandiez timidement si la beauté était là.

Elle ne l'était pas, le père ou la mère ferait la commission.

La « commission » !

Je me demande si des parents font encore des commissions à leur fille aujourd'hui.

Ma barbe blanchit mais je tremble encore quand j'envoie un sms ou un e-mail amoureux.

Je regrette le temps de la souffrance, de l'inquiétude, de l'attente lente et lancinante : ma vie pendue à un fil.

Le téléphone était alors un objet volumineux et immobile posé dans le salon, sur une table, à côté d'un carnet de numéros classés par ordre alphabétique, où il suffisait d'appuyer sur une lettre pour découvrir, à la bonne page, une liste de noms suivis de chiffres tracés au stylo à bille.

Dans *Un singe en hiver*, on voit Jean-Paul Belmondo demander à l'aubergiste un numéro à Madrid.

L'opératrice met longtemps à lui passer son ex, les clients du restaurant s'arrêtent de parler, l'ex dit « allô ? allô ? » dans le vide, Belmondo raccroche en noir et blanc.

Se parler était déjà impossible, mais téléphoner était un événement rare, en ce temps-là (le film date de 1962).

Vingt ans après, le geste n'avait plus rien d'exceptionnel.

Et pourtant il avait toujours conservé sa capacité de faire trembler de peur les garçons épris.

Quels mots employer ?

Quels souvenirs évoquer ?

Comment se différencier des autres sans paraître trop bizarre ?

Comment aborder sans effaroucher ?

Je vous ai vue à cette soirée nulle, votre lassitude et votre regard triste et pourtant vos pommettes roses, vous portiez une robe trop serrée pour vous,

vous embaumiez Diorella, il émanait de vous un parterre de fleurs, vous aviez cet air détaché des filles qui tentent de survivre dans un salon rempli de pingouins.

J'aurais donné sans hésiter dix ans de ma vie pour vous suivre.

Je ne vous connaissais pas encore mais vous me manquiez déjà.

Je savais que je n'avais aucune chance de vous plaire mais être votre spectateur me suffisait.

J'ignorais alors que ma fascination trouverait un jour, des dizaines d'années plus tard, une forme d'expression.

Les années 1980 m'ont servi d'éducation sentimentale.

Elles m'ont donné des souffrances incommensurables et des extases démesurées.

N'est-il pas merveilleux de grandir sans vieillir ?

Je me demandais comment faire pour être aimé.

Je croyais ne jamais le mériter.

Timide, j'en faisais trop pour exister, ce qui me rendait parfois grossier, sardonique, insupportable.

Je tombais amoureux trop vite, je demandais en mariage trop tôt.

Je croyais que rien de tout cela n'avait la moindre importance et ne serait jamais raconté.

Cette existence de romantique ridicule et coincé, de loser bourgeois, de dragueur nul bien que sincère, de playboy naïf, ce fut ma formation et aujourd'hui je la regarde avec un mélange de pitié et de nostalgie ; malheureusement c'est dans ces années perdues que j'ai durci mon cœur.

L'être humain disposait de longues plages de temps morne durant lesquelles il n'était dérangé par personne.

La disparition de l'ennui est censée être un progrès.

Mais cette lenteur nourrissait nos divagations.

J'ai passé mon adolescence à attendre des nouvelles de filles dont j'étais invariablement éperdu.

Aujourd'hui les choses sont instantanées : on est déçu immédiatement.

Ce n'était pas ainsi en 1985 : on se faisait des illusions durant des semaines, on décortiquait les moindres inflexions de la voix au téléphone, chaque mot d'une lettre était disséqué, chaque geste dans une soirée était analysé pendant des semaines de torture intense.

J'appartiens à la génération qui s'est le plus violemment moquée de l'amour pour cacher le fait que c'était sa seule utopie.

Je ne suis devenu intéressant aux yeux des filles qu'à partir du moment où j'ai organisé des fêtes.

La fête m'a sauvé de la solitude et guéri de la timidité.

Je pense à cet été où j'ai garé ma Mini Austin dans le salon d'une maison à Saint-Tropez.

J'étais invité chez des amis qui n'avaient pas de chaîne hi-fi pour écouter de la musique.

Alors ils ont ouvert la baie vitrée et je suis rentré avec ma voiture dans le living-room par le jardin et nous avons pu danser autour de mon autoradio sur Chaka Khan à plein volume.

Je me souviens aussi d'une Autobianchi Abarth dans laquelle j'ai traversé Ibiza de long en large avec un copain en écoutant « Porque te vas » de Jeanette avec un saucisson sec suspendu au rétroviseur, qui se balançait de gauche à droite et rétrécissait de village en village.

J'avais organisé avec Homero Machry une « Nuit des punitions interminables » au Queen où je flagellais tous les invités à l'entrée.

Je me suis ainsi retrouvé à fouetter Éric de Rothschild et Thierry de Beaucé, Luigi d'Urso et Inès de la Fressange, Carla Bruni et Vincent Perez avec un martinet en cuir noir.

Je pense aussi aux nuits sur le toit de la Danceteria (30 West 21st Street, New York, États-Unis) où nous ne pouvions plus bouger tant nous étions collés les uns aux autres.

Les cheveux mouillés de sueur, les torses nus, la foule déguisée, les chants en chœur, la danse qui devient une transe collective, et le disc-jockey qui urine sur nos manteaux empilés sous ses platines vinyles qui diffusaient « It takes two » de Rob Base et DJ EZ Rock.

J'avais vingt ans, j'étais inconscient, la mort me semblait si abstraite, si lointaine.

George Orwell s'est trompé : on était libres en 1984.

C'est maintenant qu'on ne l'est plus.

Je remercie tous les jours le ciel qu'Instagram n'ait pas existé dans les années 1980.

Au bal d'Enrico Coveri, au palais Pisani Moretta, à Venise, nous avions volé des capes roses en satin, et nous sortions sur les rives du Grand Canal, comme un troupeau de flamants roses évanescents dans la brume matinale.

Saviez-vous qu'un troupeau de flamants roses s'appelle une « flamboyance » ?

Mais leurs cris sont des « grognements ».

Au bal des fées donné par Alexis de Rédé pour les dix-huit ans de Vanessa van Zuylen en 1986 à l'hôtel Lambert, Françoise Sagan s'était assise sur le sol pour expliquer à Julien Baer la technique du double débrayage dans les démarrages en côte sur les roadsters anglais.

Julien a composé la bossa-nova du collapsologue :
« Le monde s'écroule
Mais le monde c'est quoi ?
Juste une grosse boule
Qui roule sous nos pas. »

À vingt ans, j'avais trouvé le subterfuge pour cesser d'être invisible.

Je suis devenu un personnage de la nuit parisienne, avec ma photo dans des magazines disparus, portant des tenues originales : smoking blanc, robe du soir, toge romaine, perruques XVIIIe, treillis militaire, combinaison de plongée ou pyjama de soie.

J'en veux à cette épidémie pour deux raisons : parce qu'elle gâche la jeunesse de ma fille aînée et parce qu'elle me fait regretter la mienne.

J'échangerais volontiers toute l'année à venir contre dix minutes de 1985, à souffler dans une trompette en carton de carnaval.

Là tout n'est que chaos et laideur,
Misère, bruit et froideur.

Les délateurs du Mal me font penser à ces soldats de *Star Wars* qui ne cessent de répéter qu'ils sont « du bon côté de la force ».

Je préfère Dark Vador qui, par amour pour son fils, bascule, avant de mourir, du côté obscur vers la lumière.

La mer se reflète sur le plafond de la maison au bord de l'eau, la crique réfléchit sur les murs qui m'entourent comme une mosaïque de lumière, je suis cerné de vaguelettes qui dansent sur cette presqu'île où la danse est prohibée.

Pour Noël, ma femme m'a offert un pyjama.

Comment dois-je prendre ce cadeau ?

Pendant dix ans, j'ai dormi nu avec elle.

À présent je porte cet ensemble chemise et pantalon de coton gris, très décontracté et asexué.

Je suis passé de corps nu à corps en pyjama.

Le pyjama me rappelle inévitablement ma scène capitale : le petit garçon paradant en pantoufles et robe de chambre dans les soirées paternelles des seventies.

Le pyjama est ma madeleine.

Si je trempe une madeleine dans un thé, il ne se passe rien, mais si je porte un pyjama, j'ai neuf ans.

J'écoute « Boulevard des Capucines » d'Étienne Daho : la chanson où il raconte la visite de son père à son concert à l'Olympia.

Il n'avait pas vu son père depuis l'âge de cinq ans.

Il imagine les mots que son père ne lui a jamais dits :

« Je te demande par cette lettre, mon garçon, de m'accorder ton pardon. »

« Tu sais quelle connerie ma jeunesse, mon silence, quelle erreur, quelle perte de temps... »

« Si je n'ai pas su te dire à temps que tu m'as manqué tout le temps, mon guerrier, mon roi, mon petit prince... »

« Pardon. »

Un jour mon père m'a écrit je t'aime, une fois, trop tard.

J'ai égaré sa lettre – conséquemment, je me demande si je n'ai pas rêvé.

Je suis sûr qu'il a beaucoup souffert de ne pas être capable de dire « je t'aime » aussi facilement que ses petits-enfants le lui disent aujourd'hui.

Un papillon jaune virevolte autour de moi, réjoui que sa vie dure trois semaines.

Le réveil des grillons : au lieu de se frotter les yeux ils frottent leurs élytres.

Je suis né en 1965 : j'avais cinq ans quand le général de Gaulle est mort.

Je pourrais dire, comme Péguy, que j'ai été « élevé dans un tout autre monde ».

Je garde peu de souvenirs du Général.

Si je ferme les yeux, je suis incapable de départager les images d'archives que j'ai vues et revues dans des documentaires postérieurs, de celles de la télévision en noir et blanc de la maison de mes parents, à Neuilly, quand ils étaient encore ensemble.

Mes parents ont attendu que le général de Gaulle soit mort pour divorcer ; sans doute craignaient-ils sa désapprobation.

Le Général était sur toutes les actualités, ses conférences de presse étaient religieusement écoutées, ses voyages commentés par des voix nasillardes, et les DS noires tournaient en rond dans la cour de son palais parisien comme devant la villa de mon grand-père, à Pau.

Sa voix solennelle était imitée par Thierry Le Luron sur un disque 33 tours que mon père m'a offert à l'époque et que j'ai écouté mille fois, jusqu'à le connaître par cœur et le rayer.

Même l'imitateur ne parvenait pas à manquer de respect à de Gaulle : il ridiculisait la voix de canard de son Premier ministre (Jacques Chaban-Delmas) ou les chuintement snobs de son ministre des Finances (Valéry Giscard d'Estaing), mais quand il parodiait le Général, il rentrait les griffes.

On ne se moquait pas du président comme aujourd'hui.

Tout semblait important
chez ce grand homme aux cheveux blancs.

Le seul vrai impertinent avec le Général était mon grand-père maternel, Pierre de Chasteigner de la Rocheposay.

Il avait été résistant gaulliste dans le maquis pendant la guerre mais il détestait le général de Gaulle depuis la guerre d'Algérie.

Un jour, je l'ai accompagné faire des courses à Guéthary et lorsque le commerçant lui a rendu la monnaie, je l'ai vu froncer les sourcils et refuser une pièce de un franc sur laquelle le visage du Général était gravé.

— Ah non ! Pas lui ! Donnez-moi une semeuse, s'il vous plaît.

Le marchand avait alors souri et lui avait tendu une autre pièce avec une dame portant un bonnet phrygien et une robe légère à la place du Général.

Je n'ai pas compris, sur le moment, comment on pouvait haïr quelqu'un au point de refuser de voir sa tête sur une pièce de monnaie.

Je regrette de ne pas avoir posé la question à l'époque.

Je pense que la perte de nos colonies était un grand drame pour les militaires de carrière.

Ils considéraient tous le Général comme un traître.

Le héros de la France libre était devenu un lâcheur aux yeux de mon grand-père.

Ce jour-là, mon grand-père m'a appris l'insolence.

Longtemps j'ai traîné les pieds dans les feuilles mortes des avenues de Neuilly.

Pourquoi est-ce effacé ?

Mes enfants oublieront-ils leur enfance comme j'ai oublié la mienne ?

Je ne me souviens pas d'une seule scène familiale avec mon père et ma mère ensemble.

Tous les matins j'accompagne mon fils à la crèche mais cela ne m'est jamais arrivé d'être accompagné par mon père à l'école.

J'envie mon fils de deux ans parce qu'il aura des souvenirs que je n'ai pas.

Mais que savons-nous des souvenirs des autres ?

Quand on compare ses souvenirs avec ceux de ses proches, on s'aperçoit que la mémoire est une promesse fragile ; nous ne sommes pas maîtres de ce qui restera, et rien n'est plus fluctuant que le passé.

Le passé est mobile, profond, pollué et insondable comme l'océan.

Je suis né dans un endroit protégé avec ses maisons entourées de grilles en fer forgé et de marronniers en fleur, et de berlines avec chauffeur qui glissent en silence sur le bitume et pourtant non, Neuilly ne m'a protégé de rien.

Cette zone résidentielle pour riches n'est pas si sûre, puisque tout ce qui s'y déroule est détruit et effacé pour toujours.

J'ai davantage de souvenirs du 16e arrondissement.

Le cours Gerson, l'École bilingue, le lycée Janson de Sailly, la rue de la Pompe…

Quand ils étaient mariés, mes parents ont essayé de vivre dans le 16e arrondissement, mais ils n'y sont pas arrivés.

Le duplex de l'avenue Henri Martin : à l'époque, le mot « duplex » était nouveau.

Si je ferme les yeux pour me le remémorer, je n'y vois jamais mon père.

À force de s'absenter pour travailler, il s'est évaporé définitivement.

Je vois ma mère et ma marraine qui jouent avec moi.

Je leur explique que je me ronge les ongles des pieds avec les dents, elles me demandent de leur montrer comment je m'y prends.

Je défais mes lacets de chaussure, puis je retire ma Kickers et ma chaussette pour leur montrer ma souplesse d'onychophage podal.

Recroquevillé avec mon orteil dans la bouche, j'entends ma mère et ma tante rigoler.

J'ai soudain honte de ma position de contorsionniste.

Je sens qu'elles se moquent de moi ; à trois ans, c'est la première fois de ma vie que je me sens ridicule.

Ce pénible souvenir vient de réapparaître et en l'écrivant, je ressens la gêne aussi nettement qu'il y a cinquante-deux ans.

J'ai mis très longtemps à savoir nouer mes lacets.

Les autres à l'école y parvenaient et pas moi.

J'avais l'impression que c'était le geste le plus difficile du monde.

Un camarade de classe, Charles de Castries, ayant pitié de moi, m'aidait systématiquement à nouer mes lacets.

Je n'en revenais pas qu'il suffise de tirer sur le fil pour qu'un nœud aussi compliqué à réaliser se dénoue en une seconde.

Les lacets de nos chaussures nous apprennent que certaines choses sont plus simples à défaire qu'à faire.

Je n'ai plus rien d'autre à faire que regretter à plein temps.

C'est mon unique chance de tourner le dos à ce présent congelé.

Alors je me retourne pour me réchauffer, et ressusciter comme un mammouth enfermé depuis des millénaires dans le permafrost.

Je voudrais passer mes souvenirs surgelés au micro-ondes.

À vingt ans, je voulais en avoir cinquante.

À cinquante ans, je veux en avoir vingt.

En 1985, j'écoutais l'émission de Michèle Halberstadt : « Cultivez-moi Benoît », sur Radio 7.

Surnommée « La Castafiore », elle discutait avec Francis Ford Coppola, Serge Gainsbourg, Richard

Burton et Klaus Nomi et je m'inventais une sorte de nostalgie du futur.

Je rêvais qu'un jour on me poserait des questions fines et subtiles à la radio, tout en sachant à l'avance que cela n'arriverait jamais.

J'ai vu trois générations se succéder : les boomers (mes parents), la génération X (la mienne) et les millennials (mes enfants).

Les boomers ont été libérés, la génération X a été endommagée, les millennials ont été surprotégés.

Les millennials ne comprennent pas la génération X parce qu'ils n'ont pas, comme nous, pris dans la figure la libération de leurs parents.

La génération X s'est beaucoup droguée pour oublier qu'elle était écrasée entre les boomers égoïstes et les millennials vertueux.

On est une génération de dommages collatéraux.

Toutes les victimes ayant lancé des alertes depuis vingt ans font partie de la génération X : Christophe Tison (né en 1961), Eva Ionesco (née la même année que moi : 1965), Virginie Linhart (née en

1966), Vanessa Springora (née en 1972), Camille Kouchner (née en 1975).

Quant à la génération de nos enfants-rois, elle a été sacrifiée deux fois.

Tout d'abord les millenials ont hérité d'une planète foutue et ensuite on a gâché leur jeunesse pour protéger les boomers d'un virus respiratoire.

Les millenials sont la génération pigeon.

La mienne est coincée entre deux changements de société (le féminisme, avant, et Facebook, après).

Il est vrai qu'on a dorloté les millenials dans les années 2000, qu'ils ont grandi dans la douceur et la surproduction, mais ce n'était pas une raison pour leur demander de tels sacrifices vingt ans plus tard.

Ils vivent l'inverse de Mai 68.

En 1968, les jeunes voulaient que leurs parents leur cèdent la place.

En 2020, les jeunes cèdent la place à leurs parents.

La charité des millenials pour les boomers est irrationnelle.

Ma génération est coincée entre les profiteurs amoraux qui l'ont précédée et les douillets moraux qui lui succèdent.

Ma génération s'est abîmée au milieu de cet affrontement, pour éviter les balles.

Je suis né dans une famille riche qui allait s'appauvrir, au sein d'un pays dont l'importance allait diminuer, année après année, inexorablement ; notre destinée fut la banqueroute.

Avant l'invention du smartphone, on tuait l'ennui comme on le pouvait.

J'ai l'impression que toute mon enfance se passe à l'arrière d'une Aston Martin parfumée au cuir et au havane.

On se pinçait quand on croisait une Deux Chevaux verte.

On roulait à 180 km/h sans ceinture, le toit ouvert.

J'étais souvent assis sur l'accoudoir central, les genoux sous le menton.

Mon destin était de traverser le pare-brise au moindre coup de frein, mais mon père ne freinait jamais.

Les cendriers débordaient de mégots froids.

On s'arrêtait pour déjeuner dans des restos routiers enfumés où l'on servait les meilleures frites de ma vie : jamais je n'ai retrouvé ce croquant salé, cette finesse brûlante, le goût du brouhaha, le délice du graillon.

Pourquoi les frites sont-elles toutes molles aujourd'hui ?

Dans sa voiture, mon père écoutait « Cosi fan tutte », ce qui signifie « Ainsi font-elles toutes », autrement dit « Toutes les mêmes ».

C'est l'histoire de deux officiers qui échangent leurs fiancées – deux sœurs – pour voir si elles leur seront fidèles.

Elles ne le resteront pas longtemps.

La conclusion du librettiste, Lorenzo da Ponte, est : « Qu'elles soient jeunes ou vieilles, belles ou laides, répétez avec moi : elles font toutes ainsi. »

On peut dire que l'opéra préféré de mon père est à la fois misogyne et échangiste.

On chantait au rythme des essuie-glaces.

On écoutait « Le Masque et la Plume » en rentrant de Chantilly.

On suivait la course d'une goutte d'eau sur la vitre de la voiture.

On inventait des scénarios de science-fiction, ou des histoires de tyrannosaures.

On suçait des sucettes Pierrot Gourmand jusqu'à se couper la langue avec la pointe devenue tranchante comme une piqûre.

On se fixait des buts, comme d'enlever tout le chocolat des Finger avec sa langue sans casser le biscuit.

Les stations-service s'appelaient « Mobil » ou « Antar » ; elles offraient des cadeaux quand on collait des autocollants sur un carton.

On gagnait une tasse, un ballon ou une assiette en plastique en guise de récompense pour avoir brûlé du pétrole.

On portait des cagoules en laine qui faisaient des petites cornes de diablotins.

Nos chandails en shetland, achetés aux « Laines Écossaises » sur le boulevard Saint-Germain, grattaient nos nuques et nos poignets.

La conduite paternelle en Aston Martin DB6 sur autoroute était simple : rester sur la file de gauche pied au plancher et faire des appels de phares quand on arrive à un mètre du véhicule qui nous précède, à 250 km/h, afin qu'il s'écarte, terrorisé et humilié, comme Charles et moi sur la banquette arrière, échappant de justesse à une mort certaine toutes les cinq minutes pendant huit heures, jusqu'à l'arrivée à la montagne, où s'enchaînaient alors les virages en épingle à cheveux au bord des précipices, sur route verglacée, avec pneus sans chaînes, en plein brouillard nocturne.

Je vomissais parfois sur mes cuisses, comme Oona O'Neill dans la Rolls de son père, Eugene.

La lumière orange des lampadaires d'autoroute balaie nos visages tous les cent mètres.

Je vois mon père, je ne le vois plus.

Ainsi pendant 800 bornes.

Ainsi pendant tout le reste de ma vie.

Nos pantalons étaient en velours comme les canapés du salon.

À l'époque, une radiocassette Telefunken autoreverse était un objet de luxe.

On faisait des parties de Subbuteo, un jeu de football où l'on donnait des pichenettes sur des figurines en plastique.

Chaque fois que je regarde un film de Claude Sautet, j'ai l'impression de voir la vie de mes parents.

Mon père s'est aperçu qu'il était cocu en croisant la femme d'un ami.

L'épouse lui demanda où était la sienne.

Il répondit : Dans la mer Égée. En croisière avec les Ponia.

L'épouse de son ami pâlit.

Mon père lui demanda : Et où est ton mari ?

— Sur le même bateau.

La même chose m'est arrivée une fois avec une copine.

En plaisantant, nous nous sommes rendu compte que son mari se tapait ma femme quand nous étions en vacances tous les quatre à l'hôtel Pellicano de Porto Ercole.

Depuis, Mathilde m'appelle « Cornuto » et moi je l'appelle « Cornuta ».

L'avantage d'être né dans un milieu bourgeois est notre capacité à transformer tout drame passionnel en pièce de Feydeau.

On éclate de rire pour éviter de mourir de chagrin.

Dans sa Mini Cooper, le remplaçant de mon père écoutait en boucle l'album *Toquinho e Vinicius de Moraes* en cartouche huit pistes.

La voix du chanteur semblait fatiguée, lasse, toujours en retard sur les instruments.

Le divorce ne change rien à la condition des enfants, toujours passagers de la banquette arrière ; c'est juste le conducteur qui change.

Après le divorce, quand on ne partait pas en week-end à Rambouillet, Senlis ou Deauville, mon beau-père nous emmenait aux déjeuners du samedi chez Guy, au 8 rue Mabillon, un restaurant brésilien au-dessus d'une petite cour pavée.

Dans cet endroit exigu et bruyant, les adultes riaient trop fort à des blagues que je ne comprenais pas.

J'avais envie de m'amuser autant qu'eux mais je ne captais rien de leurs allusions à ce qui s'était passé le week-end précédent à la Faisanderie, la maison de Jean Castel, à Saint-Germain-en-Laye.

Je me forçais à rire quand les grandes personnes riaient.

Mon frère s'ennuyait plus que moi.

On jouait au morpion sur la nappe en papier.

Et puis il sortait son *Picsou Poche* de son caban.

Alors j'écoutais l'orchestre brésilien.

Les musiciens s'apercevaient vite que, parmi la cinquantaine de clients présents, le seul qui les regardait attentivement était un garçonnet de huit ans.

Alors je savais qu'ils ne jouaient que pour moi.

Le percussionniste me tendait un de ses maracas que je secouais en rythme.

Je faisais le clown car je sentais que c'est ce que les adultes attendaient de moi.

Le service durait des heures.

La cuisine brésilienne était immangeable : brochettes de viande carbonisée, beignets de morue gras et brûlants, feijoada à base de haricots rouges trop épicés…

Je ne mangeais rien, je cachais la nourriture dans ma joue gonflée, puis j'allais la recracher aux toilettes – personne ne remarquait rien.

Les copines de ma mère dansaient debout sur les chaises en agitant leurs boucles d'oreilles ; elles avaient parfois du rouge à lèvres sur les dents, comme des lionnes qui déchiquettent une gazelle.

Les playboys bronzés en chemise vert pistache à col pointu et manches relevées tapaient sur les verres avec leur fourchette en chantant « oh lélé oh lala ».

Ça sentait le graillon, la cigarette, la sueur, le parfum Brut de Fabergé.

Georges Pompidou allait bientôt mourir.

Le plus gros des musiciens portait un gros tambour avec une lanière autour du cou, sur lequel il frappait avec un bâton terminé par une boule de tissu.

Un autre frottait un fût métallique avec un chiffon humide qui résonnait comme un cri aigu.

Ils avaient les cheveux bouclés et transpiraient beaucoup.

Leurs chemises collaient à leurs torses ; ils utilisaient des sifflets et des tambourins pour augmenter le bruit.

Une danseuse de samba presque nue agitait ses fesses au bout de notre table, sous les applaudissements de Sacha Distel, Alain Bernard, Margaret Trudeau, Jean-Pierre Cassel, la princesse Soraya, Pierre Bouteiller, Mort Shuman et son épouse Babette, Jean-Jacques Debout et Chantal Goya, Jeane Manson, Jean-Claude Bouttier, la duchesse de Bedford, Claude Brasseur, Pierre Bénichou et Alix Chevassus.

Je pense qu'ils ne prenaient pas encore de coke à cette époque ; la caïpirinha leur suffisait.

Brasseur, Bénichou et Chevassus sont presque morts en même temps (l'année dernière) mais dans ma tête ils tapent encore dans leurs mains, en costume Ted Lapidus, chemise Charvet et mocassins Berteil.

Chaque fois que je passe devant la petite cour pavée en contrebas de la rue Mabillon, je repense à cette grosse caisse qui battait la mesure chez Guy comme au carnaval de Rio.

J'avais beau avoir huit ans, j'étais la seule personne en ce lieu qui ne se comportait pas comme un enfant.

Dans la rue, un vendeur criait : « Chauds, les marrons, chauds ! »

Au jardin du Luxembourg, les élèves de Bossuet – uniquement des garçons, l'école n'étant pas mixte à l'époque – se canardaient avec des marrons lisses et brillants.

On ramassait les châtaignes par terre pour remplir les poches de nos duffle-coats.

On se cachait derrière les troncs d'arbres et on visait la tête.

Contrairement aux batailles de boules de neige, si on touchait un camarade, on pouvait lui casser le nez.

On courait d'arbre en arbre avant de balancer le projectile vers l'ennemi.

C'étaient, à peine vingt-cinq ans après la Libération, de nouvelles batailles rangées à dix contre dix au milieu de Paris.

Un après-midi, je reçus un projectile en pleine figure : le soir en rentrant chez moi, j'étais fier de ma bosse sur le front, ronde comme un marron.

J'accumulais des munitions dans mon pantalon, que je rapportais à la maison.

Nous jouions à la guerre autour de la pissotière du Luco, près de l'entrée de la rue Guynemer, côté Vaugirard, là où les « pédés » du quartier se donnaient rendez-vous par graffitis interposés (« je suce et j'avale ici à 18 h tous les soirs, je suis ta pute mec contact Odéon 23-87, encule-moi vendredi 12 novembre 15 h », nous lisions ces phrases à huit ans en faisant semblant de comprendre).

Le soir, les exhibitionnistes ouvraient leurs imperméables et les soupeurs trempaient leur baguette.

J'ai souvent pissé sur des morceaux de pain sans comprendre que des gars venaient les récolter à l'heure du goûter.

Le jour où j'ai failli crever l'œil de Raphaël, le souffre-douleur de ma classe (il était bègue, tout le monde se moquait de lui), d'un tir de marron à cinq mètres en pleine poire, j'ai cessé le feu.

Je n'ai pas fait la guerre mais je sais exactement ce que ressent le tireur embusqué qui atteint sa cible en pleine orbite oculaire.

On crie « yesss » en entendant le « pok ! » du projectile qui touche le crâne de l'autre, mais quand le soldat tombe par terre et se met à pleurer sur la pelouse en se tenant l'œil gauche, on pense « oups, mon Dieu ».

La victoire est amère.

On reste planqué derrière son arbre, le cœur battant, les larmes aux yeux.

« Qu'ai-je fait ? »

Raphaël a arboré un œil au beurre noir pendant une semaine.

Je ne lui ai jamais demandé pardon.

Il est venu me voir à Barcelone, lors d'une conférence à l'Institut français, il y a une dizaine d'années.

Il ne bégayait plus du tout.

J'ai évité le sujet de la bataille de marrons.

J'étais très heureux qu'il s'exprime impeccablement, comme Joe Biden, Antoine Blondin et François Bayrou (trois autres anciens bègues).

J'avais envie de m'excuser à genoux.

Il m'a dit que j'étais un des plus gentils de la classe.

Mon cerveau a enlaidi mes souvenirs alors que le sien a effacé les mauvais.

Je m'intéresse aux bègues car depuis l'école Bossuet, on m'a toujours surnommé ainsi : « Beig' ».

Le bégaiement est une lutte contre la timidité ; ce handicap me résume bien ; je suis fier de mon surnom.

Raphaël et moi sommes deux vétérans de la guerre du Luco de 1971, il était préférable de ne pas revenir sur les détails des affrontements ; mieux valait se concentrer sur la fraternité des braves, la solidarité des héros survivants de la dureté de l'école Bossuet.

On jouait aussi aux billes.

J'étais très malheureux quand je perdais toutes mes agates.

Ma mère m'avait acheté un calot qu'on m'a immédiatement volé.

Il fallait viser un trou et le dernier qui mettait sa bille dans le creux prenait toutes les billes des autres (quelle règle à la con).

Je regardais mes billes, ce trésor auquel je tenais plus que tout, empoché par mes camarades de classe en me retenant de pleurer.

J'allais me consoler au kiosque à bonbons du côté des tennis en léchant des roudoudous, ces coquillages en plastique contenant un bonbon rouge dont les rebords me cisaillaient la langue.

À huit ans, sans le savoir, je m'entraînais intensément pour le cunnilingus.

Quand on s'écorchait le genou, on nous mettait du mercurochrome sur la plaie.

Le mercurochrome était rouge comme le sang.

Donc on saignait déjà et, pour nous soigner, on agrandissait la plaie.

Une petite coupure de rien du tout devenait une tache ensanglantée de quatre centimètres.

C'est comme si un make up artist de cinéma gore avait voulu te fabriquer une plaie plus sanguinolente.

Mes deux genoux étaient constamment rouge vif.

Aujourd'hui, le mercurochrome a été remplacé par des sprays de désinfectants invisibles.

Mes enfants ne connaîtront jamais la joie d'agrandir leurs blessures avec une pipette.

Pour pouvoir travailler, maman nous avait inscrits à l'étude, c'est-à-dire qu'après l'école, il y avait encore école.

Nos camarades de lycée rentraient chez eux à 17 heures mais nous devions rester à Bossuet jusqu'à 19 heures avec des pions qui nous surveillaient, des répétiteurs qui nous apprenaient les maths, Mme Lefort qui me broyait la main jusqu'à ce que je m'agenouille, le père Fèvre qui me donnait des fessées, le directeur Vandermeer au crâne rasé de moine skinhead et le seul surveillant gentil, Emmanuel de Sèze, qui portait un œil de verre (un œil fixe et l'autre qui bougeait, à la Marty Feldman).

Un jour, la classe de huitième accueillit en cours d'année un « nouveau ».

Le nouvel élève était beau et souriait tout le temps.

Les cheveux ébouriffés, il portait des bottes camarguaises en daim.

Le « nouveau » était un fanfaron, un joyeux drille, un comique original.

Aujourd'hui on le dirait « populaire ».

J'étais jaloux de sa popularité.

Et puis un jour, il n'est plus venu.

Le bruit a rapidement couru qu'il était mort empalé sur une grille.

Les professeurs ont expliqué à la classe qu'il avait eu un accident, sans préciser lequel.

Il a voulu escalader la grille entourant la maison de son père et s'est perforé l'artère fémorale.

Je ne sais pas pourquoi je me suis imaginé, durant des années, que le « nouveau » s'était empalé sur les grilles du jardin du Luxembourg.

L'école Bossuet possède deux entrées, l'une rue Madame et l'autre rue Guynemer, devant les grilles du Luco, et je n'ai plus jamais marché sur ces trottoirs sans penser à ce garçon empalé sur les piques dorées.

Le directeur de l'école Bossuet punissait les enfants dans son bureau.

Le rituel de la fessée chez le père Fèvre était très impressionnant.

Il faisait preuve de conscience professionnelle et ne déléguait à personne d'autre le soin d'administrer les fessées sur les fesses nues de ses élèves de huit ans.

Nous devions attendre dans le couloir sur une chaise devant le bureau du directeur ; je me souviens que mes pieds n'atteignaient pas le sol, puisque je pouvais les balancer sous ma chaise.

« Balancer » n'est pas le verbe exact ; en réalité mes pieds tremblaient.

Lorsque le père Fèvre, un curé chauve et obèse, ouvrait la porte de son bureau, je sanglotais déjà.

Il aimait qu'on le supplie.

Il me fit asseoir pour m'expliquer pourquoi je devais être puni : j'avais désobéi en me rendant dans le réfectoire du sous-sol en dehors des horaires d'ouverture pour piquer un pain au chocolat, ou j'avais écrit « pipi popo caca sur le père Faivre » sur le mur de l'escalier avec deux camarades, ou d'autres crimes impardonnables.

J'urinais de peur dans ma culotte.

L'attente de la punition était pire que la punition.

Après un long sermon, il me pria de baisser mon pantalon et me courba sur ses cuisses pour me frapper cinq fois avec sa main sur le cul.

À l'âge où je croyais encore au Père Noël, j'ai rencontré le père Fouettard.

Je sortais en larmes et retrouvais Mme Lefort, une grenouille de bénitier à lunettes, attendant patiemment dans le couloir pour écouter les cris.

Mme Lefort me consolait : « Alors tu vois ? Tu te sens mieux maintenant. On se sent libéré après la correction. »

J'ignore pourquoi les châtiments corporels existaient encore dans les écoles catholiques des années 1973-1974, en plein cœur de Saint-Germain-des-Prés.

J'admirais mon père, ce faux séducteur et vrai misanthrope, tout en cohabitant avec mon frère aîné chez notre mère célibataire, qui n'aimait pas son métier de directrice de collection.

J'ai toujours détesté Cookie Dingler – « être une femme libérée tu sais c'est pas si facile » – car j'avais l'impression que cette chanson se moquait de ma mère.

Mes parents ont désormais la même existence que mon chien stérilisé.

Ils vivent seuls, parfaitement autonomes.

Ils ne se sont jamais remariés et n'ont pas refait d'enfants.

Le résultat des seventies est leur solitude parfaite.

Cela fait quarante ans qu'ils divorcent l'un de l'autre.

Ma mère a quitté mon père pour un homme mort depuis longtemps.

La libération des années 1960, vue de 2020, on a envie de dire : tout ça pour ça ?

Deux octogénaires abandonnés dans leurs petits appartements.

Mes parents croient qu'ils ont cinquante ans, moi que j'en ai vingt : personne dans ma famille n'admet son âge, tout le monde s'enlève trente ans.

En me reproduisant à cinquante ans, j'ai voulu faire échec à cette solitude familiale.

Je me retrouve à ramasser des jouets dix fois par heure dans ce champ de bataille qui fut autrefois un salon décoré avec soin.

C'est une torture épouvantable pour le maniaque du signe de la Vierge que je suis.

J'aime ranger mes habits, passer l'aspirateur, remplir et vider le lave-vaisselle, sortir les poubelles…

Activités « cérébralement plates », comme dit Woody Allen à propos de sa passion pour les retransmissions de matchs de base-ball à la télévision.

On peut interpréter ce goût du rangement comme un hygiénisme, mais je crois que c'est plus grave : je veux clarifier mon existence, remettre les choses en ordre, faire le ménage dans mon cerveau.

Le sol de ma maison est en permanence jonché de biberons vides versant des taches de lait Babybio croissance 3, de cubes de construction en bois peint et Lego rouge, vert, jaune et bleu (très douloureux sous la plante des pieds), de feutres sans capuchons, de capuchons sans feutres, de figurines en plastique de Peppa Pig, Enchantimals, Playmobil, la Pat' Patrouille et les Polly Pockets, de nombreuses licornes en peluche, de livres musicaux qui chantent du Johnny, Trenet ou Aznavour quand on les frôle, de voitures de sport métalliques, de peluches Dumbo, Barbapapa, Spider-Man, de ballons de baudruche gonflés, dégonflés, la plupart entre les deux : fripés, ridés comme moi, de petits chevaux de toutes tailles et couleurs, d'un tractopelle jaune télécommandé qui a la particularité de jouer de l'eurodance dès qu'on l'approche (peut réveiller toute la maison en cas d'oubli), d'un chat en peluche qui miaule en claquant des dents toutes les cinq minutes jusqu'à épuisement de ses piles alcalines, de livres d'autocollants et de coloriages de licornes, de fées et de princesses éparpillés sur le tapis, du carrosse de Cendrillon, de boîtes de pâte à modeler ouvertes donc desséchées et d'un bébé en plastique, tout nu, avec, curieusement, un stéthoscope autour du cou.

Le bébé soigne les parents.

Mon métier c'est ramasseur de Playmobil.

Je ne suis pas écrivain mais rangeur de camions de pompiers rouges ou des hélicoptères en plastique bleu de son salon.

Ah si seulement ma vie était comme mes ennemis se l'imaginent…

Ils rêvent de ma dépravation et moi je ramasse des figurines en plastique de Zorro, avant de caresser un lapin noir dont c'est le prénom.

Il est vrai que garder ses enfants est plus aisé après trois verres de Moscow Mule.

On triche mieux au Uno et on supporte plus longtemps les parties répétées de cache-cache dont le plus jeune joueur révèle à haute voix sa cachette.

Mon père a été maladroit, blessant, absent, égoïste, et pourtant je ne cesserai jamais de l'admirer.

Ma mère a été aimante, protectrice, présente, altruiste, et quand je la vois, je fais de gros efforts pour ne pas suffoquer.

L'âge ingrat dure toute la vie.

Le départ de ma fille aînée m'a brisé le cœur.

C'est supposé être naturel, cette horreur ?

Je ne veux pas que mes enfants grandissent.

On donne tout à un être et puis il s'en va vivre ailleurs, et on devrait s'en réjouir ?

Cette peine infinie, je passe mes jours et mes nuits à ne pas l'accepter.

Maintenant je dois laisser six ou sept messages à Chloë pour qu'elle daigne me rappeler en soupirant, comme moi avec ma mère.

Je ne laisserai personne dire que le départ d'un enfant adulte du foyer familial est autre chose qu'une catastrophe.

Soudain je ne la vois plus que quelques jours par an, en vacances, ou un week-end, un déjeuner ou un dîner, par-ci par-là.

Il n'y aura pas de retour en arrière.

On se verra de moins en moins souvent, et je ne pourrai plus l'embrasser et la serrer dans mes bras comme quand elle avait quatre ans.

L'évolution naturelle d'un enfant est la distanciation parentale.

Je devrais l'accepter mais mon ventre se noue à l'idée de cet éloignement obligatoire.

Nous nous voyons une fois par mois – en réalité je la harcèle de messages collants – et quand nous sommes au restaurant un mur de verre nous sépare qui s'appelle la dignité.

Quand Chloë a déménagé à Bordeaux pour entamer ses études de cinéma, une grande partie de ses affaires a été emballée dans des cartons pour être entreposée dans un garde-meuble près de Paris, à Bonneuil-sur-Marne.

Les déménageurs ont tout emporté dans leur camion.

Ensuite je l'ai accompagnée à la gare Montparnasse en essayant de ne pas m'effondrer.

Ma fille était devenue une femme, il était naturel qu'elle me quitte pour vivre sa vie.

Elle a dû se demander pourquoi mon sourire était aussi crispé, quand elle est montée dans le TGV.

Je ne cessais de lui répéter que j'allais vite lui rendre visite, et ma princesse, mon petit ange, ma sauterelle, mon infante murmurait « je sais, papa ».

Quand le train a démarré, j'en ai tout de même beaucoup voulu aux cheminots d'avoir choisi ce jour-là pour ne pas se mettre en grève.

J'aurais voulu ériger un barrage contre le TGV Atlantique.

Depuis cinq ans, les affaires de Chloë restent entreposées au garde-meuble de Bonneuil-sur-Marne, avec les miennes.

Ni elle ni moi n'avons récupéré nos cartons.

Je paie tous les mois une note de 300 euros pour qu'en banlieue parisienne, les affaires de ma fille soient toujours colocataires des miennes.

Qu'il pleuve, qu'il vente ou qu'il neige, nos vies demeurent enchevêtrées dans un container, quelque part au fond d'un hangar, et je serais prêt à payer le triple pour que nous ne soyons jamais définitivement séparés.

Pourtant j'ai fait la même chose lorsque j'ai quitté ma mère, le cœur léger, à dix-huit ans, pour emménager rue de Bièvre.

Ma mère a quitté mon père, avec lequel elle avait deux enfants, pour son meilleur ami qu'elle a ensuite quitté pour un autre, et ainsi de suite…

Ses deux garçons ont grandi, ils sont partis et elle s'est retrouvée seule jusqu'à aujourd'hui.

Moi j'ai quitté ma femme pour une autre, avec laquelle j'ai eu un enfant, que j'ai quittée ensuite pour une autre, et ainsi de suite… mais je ne me suis pas retrouvé seul, parce qu'à cinquante ans j'ai de nouveau eu deux enfants.

Conclusion : les hommes et les femmes ne sont pas égaux ; à la fin de leur existence, les femmes sont plus seules que les hommes parce qu'elles ne peuvent plus avoir d'enfants.

Le bonheur maternel fut en décalage constant avec le mien : elle était heureuse quand je ne l'étais pas (les années 1970), elle l'est moins à présent que je le suis.

Elle est accro au Lexomil : si elle n'en prend pas, elle ne dort pas de la nuit et engueule tout le monde le lendemain.

Pourtant la solitude peut être désirable.

Je rêve parfois de solitude.

Aujourd'hui j'écris seul dans une cabane à la pointe du Cap Ferret et je m'en délecte.

J'ai abandonné femme et enfants pour être seul avec mes phrases quotidiennes, au bout de cette digue.

Cette solitude est la meilleure parce qu'elle est choisie et temporaire.

À Moscou, il y a quatre ans, j'ai accordé un long interview à une journaliste dans une boîte de nuit nommée Gazgolder.

C'était l'après-midi, mais la discothèque sentait encore la vodka renversée et la cendre froide des cigarettes de la veille.

Une journaliste russe et sa traductrice française m'ont expliqué en démarrant l'entretien qu'elles allaient m'interroger sur ma vie plus que sur mon œuvre.

La conversation était filmée pour une association nommée « Vmeste » qui demande à des artistes de raconter leur vie afin de guider des jeunes en difficulté, des adolescents en prison ou en cure de désintox, voire après une tentative de suicide.

Il était trop tard pour me défiler ; j'avais déjà un micro HF accroché à ma cravate.

C'était la première fois qu'on me psychanalysait dans un nightclub, du moins en plein jour.

Le problème, c'est que, très vite, après deux ou trois réponses, je me suis mis à pleurer.

Au début, j'ai réussi à le cacher, mais rapidement j'ai perdu le contrôle de mon menton et mouillé mes joues.

Je me suis retourné pour m'essuyer le visage, puis je me suis levé pour aller chialer en paix aux toilettes.

Mes intervieweuses étaient gênées mais elles ont tout de même continué à me cuisiner.

Je vais essayer de me souvenir exactement des passages de la conversation qui m'ont fait craquer pour les retranscrire ci-dessous.

Je suis né près de Paris en 1965 d'un père chasseur de têtes et d'une mère éditrice de romans d'amour.

Vers l'âge de six ans, mes parents ont divorcé et j'ai été élevé par ma mère avec mon grand frère.

Pourquoi le divorce est-il un événement si grave ?

C'est pourtant simple à comprendre : les deux personnes que vous aimez le plus au monde ne s'aiment plus.

L'amour circule d'une nouvelle façon.

La cartographie de Mademoiselle de Scudéry s'en trouve fortement modifiée.

Les enfants traversent les contrées de l'absence, la plaine de l'indifférence, la montagne du silence, le gouffre de la perte, la mer de la désillusion.

De ce périple leur restera toute la vie un pessimisme amer et une fragilité masquée.

J'avais foi en mes parents et ma foi a été troublée très tôt.

J'en faisais des héros et ils sont tombés de leur piédestal.

Deux garçons éduqués par une femme seule : telle est mon enfance.

À l'école, je cherchais à me rendre intéressant pour contrecarrer ma timidité.

J'étais un timide extravagant, exubérant pour attirer l'attention.

Ma mère a eu plusieurs amants après son divorce.

Elle nous les présentait, nous partions en week-end dans des voitures avec autoradio à fond, puis ils étaient remplacés.

Ce qui fait que, pour moi, la figure paternelle est une multiplicité de beaux-pères : un panel paternel, comme un harem inversé.

Il y a eu un aristocrate fauché, un Hongrois marié qui s'est défenestré, un barbu mort d'un cancer, un playboy de chez Castel.

Ces papas successifs, à moi aussi ils ont été arrachés.

Je n'ai cessé toute ma vie de m'attacher à des hommes plus âgés, que ce soit mes patrons, ou des mentors, des modèles que je considérais comme des pères de substitution, et qui m'ont servi de guides : Denis Tillinac, Philippe Michel, Bruno Le Moult, Thierry Ardisson, Jean Castel, Jean-Claude Fasquelle, Edmond Kiraz, Jean-Marie Périer, Michel Denisot, Alain Kruger, Jean-Yves Le Fur, Michel Legrand, Daniel Filipacchi, Albert Cossery, Paul Nizon…

Benoît Bartherotte.

Je suis un enfant qui veut qu'on l'adopte.

Toute ma vie je me suis cherché des maîtres, comme un chien abandonné.

En l'absence de père, mon frère aîné est devenu la figure d'autorité masculine de la maison.

On se disputait beaucoup mais jusqu'à aujourd'hui, il constitue mon unique repère dans cet obscur labyrinthe.

Je n'ai pas aimé l'adolescence ; il s'agit d'une phase incertaine même dans une famille monoparentale soudée.

Je me sentais encore plus flottant sur ce terrain meuble : la famille perpétuellement recomposée.

La famille des années 1970 est comme un jeu de Lego : ce jeu consistant à bâtir quelque chose afin de le détruire ensuite, puis à reconstruire autre chose, pour le déconstruire de nouveau.

Chaque rupture sentimentale de ma mère ajoutait à mon flou artistique existentiel.

J'écrivais dans un cahier à spirale depuis l'âge de huit ans.

Je lisais exclusivement de la science-fiction : j'habitais la planète Saturne.

Lors d'un voyage en Indonésie avec mon père et mon frère, je décidai de devenir écrivain.

Pendant que mon frère et mon père bronzaient sur la plage de Kuta, je restais dans la chambre d'hôtel pour griffonner sur un cahier à carreaux Clairefontaine caca d'oie.

Je voulais graver ce très exceptionnel moment où nous étions réunis entre hommes.

Je trouve attendrissant ce petit garçon qui préférait écrire que se baigner.

Dans mon petit cahier, je voulais immortaliser ce rare instant de bonheur, mais en le couchant sur le papier, je n'en profitais pas ; écrire c'est choisir délibérément de passer à côté de sa vie pour la conserver dans un tiroir.

Les photos de ces vacances ayant disparu, c'est seulement aujourd'hui que je comprends l'utilité de mes carnets d'enfant : comme les tablettes d'argile de Gilgamesh, ils sont la seule preuve que ces voyages ont existé.

Tous les matins, mon père me réveillait en me chatouillant la plante des pieds qui dépassaient des draps.

(Ici, pleurs abondants.)

Quand je relis ce cahier de Bali, je comprends des choses que je ne voyais pas à l'époque.

J'y raconte que mon papa travaille beaucoup : il a des réunions à Bangkok, Singapour, Djakarta, durant lesquelles nous restons dans sa chambre d'hôtel devant des dessins animés.

Il nous présente des amies différentes dans chaque ville.

En 1978, mon père était un trentenaire divorcé avec un job lucratif : il dirigeait un groupe de conseil en recrutement de dirigeants d'entreprise.

Il profitait de ce voyage avec ses deux fils pour effectuer la tournée de ses bureaux.

Il est clair qu'il se tapait des call-girls à chaque étape du voyage.

Je les décris innocemment dans mon journal.

« Papa invite à dîner Marissa, Gloria, Savanah… Marissa, Gloria, Savanah est très gentille. Ensuite papa va se coucher et nous allons regarder Mister Magoo avec Charles dans notre chambre. »

Si les néo-féministes me reprochent ma masculinité toxique, elles savent désormais d'où elle vient.

Il suffit de partir en vacances à l'âge de huit ans avec un célibataire cumulant vacances en famille, business trip et tourisme sexuel.

La véritable vocation de mon père était la littérature ; il fut homme d'affaires malgré lui.

De retour d'Indonésie, j'avais des bagues en métal sur les dents, des lunettes de myope, les oreilles décollées qui dépassaient de mes cheveux, une maigreur squelettique.

Plusieurs fois je suis tombé amoureux d'une fille qui finissait par préférer mon frère Charles.

J'avais peur de ramener des filles à la maison car je pensais : « Dès qu'elle verra mon frère, elle ne me verra plus. »

Or c'est exactement ce qui se passait.

Plusieurs fois, j'ai aimé une camarade de classe qui aimait mon frère.

Encore aujourd'hui, si je rencontre une jolie fille, j'hésite à lui présenter mon frère aîné, même s'il est marié depuis trente ans.

On ne sait jamais.

Mon problème c'est que je tombais amoureux très facilement.

Je n'ai jamais compris les gens – filles ou garçons – qui ont du mal à aimer.

Tomber amoureux m'a toujours semblé la chose la plus simple au monde.

Le cœur d'artichaut est un handicap bien plus douloureux que de ne pas être capable d'aimer.

Je ne faisais que cela toute la journée : aimer.

Sur mon CV, j'aurais pu écrire, à la rubrique « Hobbies » : science-fiction, flipper « Eight Ball Deluxe », tomber amoureux.

La plupart des filles que j'aimais ne l'ont jamais su ; j'étais bien trop tétanisé pour le leur dire.

La matière que j'ai le plus révisée au collège et au lycée était l'amour.

J'étais amoureux à plein temps.

Aimer me suffisait, même si le retour sur investissement était nul.

L'amour se suffit à lui-même.

Je continue de penser qu'en comparaison, la conquête est presque vulgaire, elle nous rabaisse et nous déçoit.

J'aimais sans retour, sans réciprocité, comme un moine prosterné devant la croix.

J'avais intégré l'absence de réponse comme preuve de la sincérité de mon sentiment.

Un jour j'ai osé et ce fut miraculeux.

Ma vie commençait.

Je me souviens de la tête étonnée de Cécile Favreau quand je lui ai dit que je l'aimais.

Ah ? Ce n'était donc que ça ?

Ce n'était pas une raison pour lui faire la gueule pendant un an.

Tous les garçons l'aimaient ; elle trouvait ça banal.

De la onzième à la septième (c'est-à-dire du CP au CM2), les filles n'existaient pas.

Mon entrée en classe de sixième au lycée Montaigne change tout à ma vie.

Elles arrivent avec leurs sacs US sur les épaules.

Elles sentent bon, elles ont les cheveux soyeux.

Elles s'assoient par terre, elles parlent entre elles, croisent les jambes à l'arrêt d'autobus en faisant des bulles avec des Malabar.

Elles se prénomment Michelle, Béatrice, Véronique, Cécile, Claire, Agathe.

Elles portent des jeans Wrangler, des robes à fleurs Laura Ashley, des parfums Cacharel.

J'entre au paradis.

À quatorze ans, j'ai proposé un manuscrit à l'éditeur Jean-Pierre Ramsay.

Il était beaucoup question de sexe entre enfants et adultes.

J'y racontais comment Agathe, une camarade de ma classe de quatrième, avait sucé Georges, un garçon plus âgé (en terminale), dans les toilettes du lycée Montaigne, le truc blanc visqueux qui avait inondé ses mains, ses joues, et taché ses gardians, les filles qui se caressaient les seins entre elles dans les boums, le dépucelage de l'une d'entre elles avec Vincent qui lui avait introduit ses doigts jusqu'à trouver du sang au bout, comment Georges avait cassé le nez de Yann qui draguait Agathe, l'histoire d'amour entre Claire et notre prof de français qui l'amenait dans une chambre d'hôtel rue Vavin, comment une fille que j'aimais me trompa avec Vincent, comment je m'étais vengé en sortant avec une autre qui sortait aussi avec Vincent.

Si l'on vivait de tels vaudevilles à cinquante ans, on finirait à l'hôpital psychiatrique.

Mais à quatorze ans en 1979, c'était absolument naturel.

Mon manuscrit était calligraphié sur un gros cahier Clairefontaine bleu ciel, c'était un ouvrage corédigé avec plusieurs copains et copines de ma classe de sixième, un chassé-croisé érotique écrit par les élèves du lycée Montaigne d'après les potins glanés dans les boums et les intercours.

C'était surtout un témoignage, qui narrait les relations sexuelles de préadolescents dans une cour de récréation en plein centre du 6e arrondissement.

Ce cahier a malheureusement disparu depuis quarante ans.

Les éditions Ramsay avaient hésité à le publier.

Il m'apparaît aujourd'hui évident qu'un tel livre aurait eu un immense retentissement l'année de la sortie de *Moi Christiane F., 13 ans, droguée, prostituée.*

Jean-Pierre Ramsay fumait la pipe dans son bureau, je crois que c'était rue du Vieux Colombier mais je n'en suis pas sûr.

Il prit le temps de m'expliquer, très sérieusement, pourquoi il ne pensait pas ce texte publiable en l'état.

Il arborait une belle moustache qui faisait presque oublier sa calvitie d'éditeur intransigeant.

« Ce serait intéressant comme témoignage sociologique mais pas en tant que roman : il faudrait indiquer "récit" sur la couverture, mais ça te causerait de gros ennuis et ta maman m'en voudrait beaucoup, ce n'est donc pas publiable. »

J'ai été très déçu mais je le remercie aujourd'hui.

Non seulement un tel témoignage m'aurait brouillé avec tout mon lycée, mais ma carrière littéraire postérieure aurait été très différente si, à quatorze ans, j'avais été l'auteur d'un ouvrage pédopornographique ayant un succès de scandale.

Mais peut-être mon livre chez Ramsay n'aurait-il choqué personne : je rappelle que dans *La Boum*, un garçon de douze ans met sa bite dans un sachet de chips au cinéma et que sa voisine du même âge touche son sexe, le traite de salaud et que c'est le meilleur gag du film.

En 1979, le « Collaro Show » montrait une playmate aux seins nus à 19 h 45 sur la deuxième chaîne de service public.

Le tube du moment était « Le zizi » de Pierre Perret, dont je connaissais les paroles par cœur : « J'ai vu le zizi affolant/D'un trapéziste ambulant/Qui apprenait la barre fixe à ses petits-enfants. »

Le Minitel rose affichait 3615 Ulla dans les rues en 4×3.

On y dialoguait par écrit, d'une seule main, avec des employées chargées de convaincre le client de rester connecté le plus longtemps possible.

Je préférais appeler des numéros de téléphone facturés le prix de trois appels où l'on entendait une voix de femme chaude qui disait des textes salaces préenregistrés.

Il était compliqué d'écouter ces élucubrations sexuelles dans le salon de ma mère mais le fil du téléphone n'était pas assez long pour aller jusqu'à la salle de bains.

Je bandais dans mon jean en écoutant une comédienne au chômage avec un accent toulousain qui susurrait : « Mets ton doigt dans ma culotteuh… là tu sens commeuh je mouilleuh… ahh ouiii je suis tremmpée ça dégoulineuh quand tu frotteuh mon petit clitorisseuh tout dureuh… je veux sucer ta queue je tireu la langueu autour de ton gland qui palpiteuh. »

Je ne pouvais m'empêcher de pouffer à « palpiteuh » mais ne débandais pas pour autant.

Au prix de l'appel, il fallait rentabiliser l'érection.

Je tachais l'intérieur de mon jean quand le combiné feulait, tandis que maman rentrait du bureau et me trouvait dans le salon en train de lire *L'Expansion* avec des plaques rouges sur les pommettes.

« Ça va chéri ? Tu as passé une bonne journée ? »

« Oui oui… » répliquais-je, tout essoufflé, en croisant les jambes sur la matière gluante qui constituerait encore le principal but de ma vie pendant de nombreuses décennies.

Quand Denis Tillinac a accepté mon premier roman à vingt-quatre ans, j'ai tout de même trouvé que ma carrière d'écrivain démarrait très tard.

Mon père ne m'a jamais encouragé, il trouvait ridicule que je me prenne pour Charles Dickens.

Les amis de mon père me disaient toujours qu'il était si original, intelligent et littéraire, mais moi je ne connaissais pas cette personne, je ne voyais qu'un businessman dragueur.

« Comment tu vas gagner ta vie ? Très peu d'auteurs vivent de leur plume. »

Quand j'ai été embauché dans une agence de publicité à vingt-cinq ans, il s'est rassuré : enfin un job respectable.

Mon père n'a jamais lu mes livres, et c'est d'ailleurs cette sécurité qui me donne une telle liberté ici.

De même, je n'ai jamais lu Dickens.

Ce n'est qu'à partir de mes best-sellers des années 2000 qu'il a approuvé ma vocation d'artiste.

« Si ça te rapporte de l'argent, alors c'est bien. »

En réalité, j'ai compris récemment sa position.

À mon tour j'ai une fille de vingt ans qui veut faire du cinéma.

Je me suis récemment surpris à lui parler exactement comme mon père me sermonnait à l'époque.

Je lui ai dit : « Le cinéma n'est pas un métier. »

« Tu es sûre que tu veux faire ça ? »

« Y a une personne sur un million qui réussit là-dedans. »

J'ai alors compris que ces phrases condescendantes sont des preuves d'amour.

On n'a pas envie que son enfant soit déçu.

On veut le protéger des humiliations et de la clochardisation artistique.

Donc, quand mon père me disait que je ne serais jamais Dickens, cela signifiait : « Je t'aime. »

C'est à ce moment de l'entretien à Moscou que j'ai dégouliné et que j'ai dû me lever pour aller m'essuyer les yeux aux toilettes.

Il faut dire que je subis une grosse pression car je ne suis pas le premier écrivain de ma famille.

Le grand écrivain de ma famille se nomme William Nathaniel Harben (1858-1919), mon arrière-arrière-grand-oncle (le frère de la mère de mon arrière-grand-mère paternelle).

Il fut un des écrivains américains les plus populaires du début du xxe siècle.

Il est totalement oublié un siècle après sa mort, comme je le serai bien avant 2122.

Will N. Harben est notamment l'auteur de *Love Never Dies*, titre que j'ai lourdement contredit en 1997.

Cette généalogie m'écrase.

Mon arrière-arrière-grand-oncle a publié une trentaine de romans entre 1889 et 1919 : à peu près un par an.

On peut toujours les commander sur Amazon, mais uniquement en anglais : *The Land of the Changing Sun*, *The Hills of Refuge*, *The Desired Woman* et *The Cottage of Delight* n'ont jamais été traduits en France.

Il est présenté comme « un des maîtres du drame domestique de la fin du XIXe siècle ».

Je te salue, ô mon ancêtre oublié d'outre-océan.

Pardonne-moi d'avoir voulu faire croire que j'étais le premier auteur de la famille.

On m'a souvent demandé pourquoi je m'intéressais tant aux romans américains : la voilà, la réponse – j'en viens.

D'ailleurs le « drame domestique » est aussi ma spécialité : si je suis seul, sans ma femme et mes enfants, en train de pleurer sur une presqu'île, ce doit être par atavisme congénital.

Que fais-je d'autre, ici et maintenant, que de réécrire *Le Pays du soleil changeant*, *Les Collines du refuge*, *La Femme désirée* et *Le Gîte des délices* ?

La raison de mon amnésie sur mes parents est simple : les déménagements.

Je n'ai pas un endroit fixe où ma mémoire puisse s'accrocher.

Mon père et ma mère avaient la bougeotte ; leurs enfants faisaient partie des meubles qu'ils transbahutaient.

Charles et moi étions bringuebalables.

J'ai habité successivement rue Saint James à Neuilly, puis à Paris avenue Henri Martin, rue Monsieur le Prince, rue de la Planche, rue Maître Albert, rue Coëtlogon, rue de Bièvre, rue du Cloître Notre Dame, quai d'Orléans, rue Barbet de Jouy, rue Bonaparte.

Durant toute mon enfance, le seul lieu inamovible fut Guéthary tous les étés et le chalet de mon père à Verbier tous les hivers.

Aujourd'hui je vis à Guéthary avec une Suissesse.

Je pense que je suis psychanalytiquement facile à déchiffrer : l'axe basco-helvétique me rassure ; je ne dispose d'aucun autre ancrage.

Mon paradoxe peut être résumé ainsi : j'ai fui l'embourgeoisement en choisissant une vie d'artiste, critiqué mon milieu d'origine, fréquenté des gauchistes, renié ma famille et mon milieu social, flingué tous mes employeurs (l'agence de publicité, la télévision, la radio) – tout cela pour finir par épouser une Genevoise, vivre à la campagne dans le même village que mes grands-parents, fonder une famille là où mes parents se sont mariés et écrire au *Figaro*.

Je me suis vacciné contre la curiosité.

Mon frère Charles a essayé de se passer de Guéthary.

Lui non plus n'y est pas parvenu ; il y a trouvé une maison à son tour.

Passé la cinquantaine, il est compliqué de s'éloigner de ses origines ; avant de crever, on a besoin de se réconcilier avec soi.

Verbier aussi est inamovible, je peux fermer les yeux et nous y revoir ensemble, l'odeur du bois dans l'entrée, la chaleur du chauffage électrique qui rougit le nez et les oreilles après le froid dehors.

On transpirait dans des draps synthétiques ; le matin, nos lits étaient trempés.

Nos sous-pulls en acrylique provoquaient des décharges électriques quand les gens nous touchaient.

Je revois les bouteilles de jus de pomme gazéifié Ramseier, les chips Zweifel au paprika, la vue sur les montagnes tout autour, le balcon enneigé, le feu dans la cheminée, le bar avec le saucisson des Alpes dessus.

Un jour j'ai entaillé le bar boisé en coupant une tranche directement sans mettre une planche en dessous.

Mon père m'a grondé, depuis je gronde mes enfants quand ils font les mêmes dégâts.

Mon père répétait souvent qu'il était un solitaire.

Alors mon frère et moi avions le sentiment de l'encombrer.

Pour le dîner il faisait griller des côtelettes d'agneau à la poêle sur lesquelles il saupoudrait des fines herbes de Provence Ducros, en répétant le slogan de la pub télé : « Parce que sinon, à quoi ça sert que Ducros il se décarcasse ? »

Comment est-il possible que nous ne soyons plus là-bas tous les trois en train de découper nos côtelettes avec nos couteaux Laguiole qui se prononcent Lahiole avec une abeille sur le ressort ?

Était-ce vraiment il y a quarante ans ?

L'eau était brûlante ou glacée, jamais entre les deux, dans la baignoire au sous-sol.

Je revois aussi les courses chez Ikea (le magasin venait d'ouvrir en France) qui nous ont permis de décorer le chalet en une heure, avec toutes les housses de couette, les draps, les nappes, les rideaux, tout rayé vert et blanc, jaune et blanc, rouge et blanc, et les lits à monter soi-même que nous avons vissés jusque tard dans la nuit.

Le tapis de laine blanche, le banc en bois dans la salle à manger et l'horloge qui ne tomba jamais en panne.

Est-ce qu'elle tourne toujours ?

Les petites chambres où l'on entendait comme dans un bateau.

La nuit, des belles-mères provisoires gémissaient à travers la cloison : si elles simulaient, elles méritaient toutes un oscar car elles inspiraient toute la maisonnée.

Cette vie de chalet entre garçons est tout ce qui me reste de mon enfance effacée.

Mon père passe des coups de téléphone en américain.

Charles révise ses maths et, le reste du temps, lit des bouquins d'astronomie très compliqués, généralement écrits par Hubert Reeves.

Je lis des romans de « speculative fiction » en collection de poche : Spinrad, Dick, Ballard.

Nous naviguons tous les deux dans l'espace intergalactique, lui avec la science, moi dans la fiction.

La vérité est que je tourne souvent les pages sans rien comprendre, mais je m'accroche car j'aime ces romans hermétiques qui me donnent l'air plus vieux que je ne suis.

Je garde mes « J'ai Lu » dans les poches de mon blouson de ski Rossignol pour frimer dans les remontées mécaniques, comme si quiconque sur terre allait s'intéresser à ce que lit un garçon de quatorze ans dans les œufs de Savoleyres en février 1979.

Ce qui s'est passé ensuite dans le monde est très exactement ce que décrivaient ces romans pessimistes.

Toutes ces dystopies futuristes, ces histoires de bouleversements climatiques, de pandémies apocalyptiques, de vies virtuelles surveillées par des drones métallisés, j'ai fini par les vivre *pour de vrai, en ce moment.*

Cela m'a confirmé dans l'idée que les écrivains ne mentent jamais.

Je ne peux pas dire que je n'ai pas été prévenu.

J'écris ceci dans une cabane en bois, est-ce un hasard ?

Je me sens bien dans les chalets.

La vie est simplifiée : il faut juste un bon chauffage et remplir le frigo de côtelettes d'agneau.

Le temps n'est pas passé, j'habite dans le village de mon enfance et je viens de le fuir pour un refuge en bois analogue à celui de Verbier.

Ma carte d'identité affirme que j'ai cinquante-cinq ans alors que j'en ai quatorze.

Je croyais que cette vie de Verbier durerait toujours mais elle n'a pas duré, et pourtant si : la preuve.

Nous descendons dans la Peugeot 604 sans chaînes sur la pente gelée et la voiture se met à glisser comme une luge géante.

Mon père tente de freiner mais la voiture continue d'avancer vers des passants qui ne savent pas qu'un char d'assaut lancé à toute allure va bientôt les écraser, on baisse les vitres pour leur crier de s'écarter, on les évite de justesse et notre 604 transformée en bobsleigh glisse jusqu'en bas de la route, au milieu d'un carrefour, entre un autobus bondé de skieurs et un ratrack à chenilles tranchantes.

Mon père vient d'échapper de peu à un quintuple meurtre mais il repart sans même s'excuser.

Dans le petit chalet, nous chaussons nos chaussures de ski et nos lunettes Vuarnet avant de partir directement sur les pistes vers les œufs de Médran.

On glisse sur la neige molle qui colle, Charles devant et moi qui le suis, toujours en retard.

Au restaurant d'altitude on fait la queue au self-service et on mange une assiette de frites couverte de ketchup et une tarte aux myrtilles inondée de crème chantilly.

En marchant avec nos grosses chaussures de ski, on fait le même bruit qu'un troupeau de bœufs.

J'aime le son des chaussures qui écrasent la neige épaisse comme de la meringue.

À Verbier je me déplaçais en Moon Boots comme un astronaute de la Nasa.

Parfois la neige était si profonde que la botte restait coincée.

On aimerait parler aux Suédoises jolies avec des bonnets jaunes et des pommettes roses mais on reste entre nous avec nos voix qui muent, tantôt graves, tantôt aiguës, en compagnie de nos cousins Édouard et Géraldine, on se met de la crème solaire Piz Buin et du stick blanc sur les lèvres ; nos nez pèlent et gèlent en alternance.

Avec nos nez rouges, nos oreilles violettes et nos bouches blanches, nous ressemblons tous à des clowns du cirque Amar.

On boit du jus de pomme en planifiant une raclette à la maison pour le soir.

On décide de prendre la benne pour le mont Gelé.

J'ai peur de ce nom.

Quand je sors de la benne, je regrette d'être monté si haut.

Le vent glacé fait couler mes narines.

On doit descendre une pente raide et dure, un panneau effrayant annonce « piste noire », il faut y aller tout droit sans réfléchir, ma cousine pleure, reste assise dans la neige verglacée, refuse de continuer, elle veut remonter en canard jusqu'à la benne.

Je la comprends mais je dois suivre Charles.

C'est mon sacerdoce, ma destinée, je n'ai pas le choix, il faut suivre Charles coûte que coûte, sinon plus rien n'a de sens.

Alors je mets mes skis parallèles face à la pire descente du monde et je me lance dans le vide comme si j'étais au volant d'une Peugeot 604 sans chaînes sur une pente à soixante degrés.

Les sanglots de Géraldine s'éloignent dans mon dos.

À chaque fois que je croise Géraldine, j'ai l'impression que ce n'est pas la vraie.

La vraie Géraldine pleure toujours en haut du mont Gelé.

Au début, notre chalet à Verbier était seul au milieu d'une prairie enneigée.

Puis d'autres chalets ont été construits tout autour.

Dix ans plus tard, nous étions un chalet parmi une quinzaine d'autres, tous identiques, venus se coller à notre bonheur.

Mais le nôtre était le plus ancien, le premier, l'historique – bref, le mieux.

Un jour mon père l'a vendu et je ne suis jamais retourné à Verbier autrement qu'en rêve.

Mon père nous achetait toujours des paquets de Mint'ho qui arrachaient nos dents de lait.

Ensuite il oubliait le cadeau de la petite souris.

Cette conne de petite souris n'apportait de cadeaux que chez ma mère.

Les oreillers de mon père étaient dératisés.

Quand les Mint'ho ont cessé d'exister, mon père nous achetait des tubes de Mentos.

Il a toujours voulu qu'on mange des bonbons à la menthe, alors que nous ne les aimions pas particulièrement.

Charles préférait les Carambar et moi les Malabar.

On ne mangeait des Mentos que chez mon père.

Les Mentos étaient la preuve que notre père ne connaissait pas nos habitudes.

Aujourd'hui, chaque fois que je vois un tube de Mentos, je suis ému et je pense à lui.

Je dois être le seul voyageur bouleversé à la vue d'un tube de Mentos au Relay de l'aéroport d'Orly.

Mon plus ancien souvenir : je dors dans le lit de ma mère et nos respirations ont du mal à s'accorder.

La mienne est trop rapide, celle de ma mère plus lente et profonde ; je voudrais ralentir mon souffle ; n'y arrivant pas, je m'étouffe, je suis en apnée.

Quand je dormais avec maman, nos respirations se perturbaient forcément ; mes poumons étant plus petits, ma respiration était plus courte que la sienne.

Maintenant que je dors souvent avec Léonard, j'essaie encore de respirer à son rythme.

J'accélère ma respiration pour que nous soyons en harmonie.

J'hyperventile, je m'épuise, jusqu'à ce qu'il s'endorme.

Dix ans plus tard, quand mon père m'a appris qu'il souffrait d'apnée du sommeil, j'en ai été presque rassuré.

Même seul, respirer est toujours compliqué.

La planète entière prend conscience de ce problème à cause d'un virus respiratoire ; l'étape suivante sera l'absence d'air.

Mon beau-père allumait ses cigarettes avec l'allume-cigares de la Mini Austin : un rond rouge brûle sa clope et je suis addict à la première bouffée ; la fumée envahit l'habitacle, l'allume-cigares rougeoie comme un soleil dans la nuit du matin et j'avale sa fumée, nous inhalons ensemble ce plaisir comme l'odeur du café dans la cuisine aux murs orange de la rue de la Planche.

Récemment, nous nous sommes aperçus, Isabelle Carré et moi, que nous avions habité dans le même immeuble, au 1 rue de la Planche : Isabelle était ma voisine du dessus.

Charles et moi étions « les deux blondinets du deuxième étage ».

Un soir, *Un homme et une femme* est diffusé à la télévision et nous regardons ce film avec maman.

C'est exactement notre vie qui défile sur l'écran : une femme qui a deux enfants aime un homme divorcé, ils jouent sur la plage de Deauville avec les gosses, et au restaurant ils s'embrassent devant les enfants qui n'ont pas de jeux vidéo pour regarder ailleurs.

Le film devrait s'appeler *Un homme et une mère.*

L'homme qui aimait ma mère.

Toutes les histoires d'amour de ma mère ont fini en cancers, divorces, suicides et solitude.

Comment a-t-elle fait pour endurer la violence de ces passions continuelles ?

Depuis les années 1970, la vie normale d'une hétérosexuelle consiste à aimer des hommes, les rendre fous et terminer seule.

Même chose pour les hommes : à partir d'un certain âge, on ne correspond plus aux critères du marché sexuel.

On finit sa vie devant un écran, obèse, dans un lit vide, à ressasser ses échecs amoureux.

Les filles que j'aimais avant de me marier en 1991 (l'ordre est une tentative de chronologie) : Alix Girod de l'Ain, Angélique Masurel, Albane Courtière, Félicité Herzog, Vanessa van Zuylen, Priscille d'Orgeval, Sandrine Taddeï.

J'ai passé mon adolescence dans la chambre de filles à mamans divorcées du 16e arrondissement.

Ensuite, mes anciennes fiancées ont toutes beaucoup travaillé pour ne pas dépendre d'un homme comme leurs mères.

Parfois un rival sonnait à l'interphone pendant que j'étais dans leur lit.

Elles avaient toutes plusieurs fiancés mais la polyandrie ne choquait personne.

On ne pensait pas à former des couples à dix-sept, dix-neuf ou vingt et un ans.

Le plus difficile était de partir avant le petit déjeuner parental.

Avenue Bugeaud, je tremblais d'amour en regardant le dernier étage du trottoir d'en face.

Je faisais la sortie de La Tour en tremblant.

Je m'identifiais très fort aux « jeunes gens tristes » dont parle Fitzgerald.

Il me semblait que ma place était dans les appartements de ces filles à mamans délaissées où, en l'absence de portable, je devais me faufiler sans appuyer sur l'interphone.

Quand la fille habitait au rez-de-chaussée, par exemple avenue de Verzy, elle laissait sa fenêtre entrouverte.

Quand elle vivait au cinquième étage, je devais siffler dans la rue pour qu'elle descende m'ouvrir en chemise de nuit et chaussettes.

Mais le plus amusant était quand la fille habitait au premier, avenue Élisée Reclus : je lançais des pièces de monnaie contre sa vitre.

Les immeubles n'avaient pas encore de digicodes.

Sur la pointe des pieds je courais jusqu'au lit pour des nuits de flirt.

Nous dormions enlacés comme des chatons.

Contrairement aux filles de mon lycée, qui baisaient facilement sauf avec moi, mes petites amies du 16e voulaient bien être embrassées mais pas faire l'amour.

Elles avaient les seins pommelés dans leurs robes 14/18.

On se frottait en gardant nos sous-vêtements.

On pratiquait des préliminaires sans fin en écoutant « Too Shy » de Kajagoogoo.

Ma nostalgie embellit peut-être les choses mais j'ai le sentiment que ces nuits sans pénétration étaient infiniment plus érotiques que de faire l'amour avec un préservatif.

Ne pas baiser agréablement est préférable à baiser désagréablement.

Quand j'allais en secret chez une grande blonde dans sa villa du 17e, elle âgée de treize ans moi de seize…

… ses bras longs et minces et ses jambes nues s'enroulaient autour de mon corps et me serraient fort pour que je ne parte jamais.

Ses cheveux fins sentaient le fleuri et ses petits seins semblaient deux fraises des bois posées sur l'oreiller.

Je l'aimais tant que je sentais son parfum Diorella à travers le téléphone quand elle m'appelait… mais je ne le lui disais pas.

Je me rendais parfaitement compte de la beauté insurpassable de mes copines riches, dont les bustes se formaient à vue d'œil.

D'un jour sur l'autre, dans nos premières soirées, des échancrures s'arrondissaient, des tensions se formaient sous le tissu, des cambrures toutes neuves naissaient dans les robes coincées.

D'écrire ces mots aujourd'hui me fera passer pour un vieux dégueulasse mais je vous assure que je me rendais parfaitement compte de la chance que j'avais de flirter avec des lolitas à seize ans.

J'ai eu honte des crises de tachycardie de la grande blonde quand elle a su que je l'avais trompée avec sa meilleure amie.

Oui j'ai imité ma mère.

J'étais indigne d'un amour aussi pur et je refusais d'admettre le mien.

Aujourd'hui je sais l'importance de mon premier amour.

Quelle horreur les livres où l'auteur se vante de ses succès féminins.

« J'en ai brisé, des cœurs. »

Parfois je me demande si mes anciennes fiancées se souviennent de moi.

Elles croient sans doute que je les ai oubliées ou que je m'en fous.

Est-ce que nous avons les mêmes souvenirs ?

Jamais je n'oserais leur poser la question.

Je mourrai sans savoir si j'ai eu la même importance dans leur vie qu'elles dans la mienne.

En réalité, vers l'âge de vingt ans, j'ai appris à contenir mes élans de tendresse, à garder pour moi mes déclarations d'amour.

Du jour où j'ai cessé d'envoyer des lettres romantiques, j'ai séduit davantage : plus j'étais méchant avec les filles, plus je leur plaisais.

Les femmes punissent les niais et récompensent les salauds.

Voici ce que j'ai appris à l'époque, qui m'a tristement servi toute ma vie.

Soudain, moi qui croyais qu'on ne m'aimerait jamais, je prenais l'amour pour une source inépuisable, comme le pétrole (à l'époque) pour peu que je sache en détecter les gisements.

Je passais de la disette à l'overdose.

Au lieu de respecter ma chance, je traitais l'amour par-dessus la jambe.

J'ai compris trop tard que ce que je croyais abondant était une denrée rare.

De même que la fessée du père Fèvre m'avait donné le sentiment d'une injustice, la séduction m'a toujours paru un malentendu.

Le folklore sadomaso me plaît assez car avec ses costumes grotesques de latex et ses cérémoniaux ridicules, il met en scène sans hypocrisie la guerre qui, de toute façon, a lieu dès qu'il est question de sexe.

C'est dingue que deux de mes ex soient devenues des romancières reconnues.

Et moi qui croyais les aimer pour leur physique !

On appelait cela « sortir ensemble » mais en réalité je restais le plus longtemps possible dans leur lit.

Le pire chagrin de ma jeunesse fut de couler une bielle à 200 km de Paris alors que je devais rejoindre mon amoureuse.

J'ai dû passer une nuit à l'hôtel de Pouilly-en-Auxois en attendant la réparation du moteur de ma Mini bleue.

Je pleurais de rage mais c'était d'amour.

Comme le jour où j'ai dû partir de Roussillon parce que je devais rejoindre ma famille en vacances.

Je chialais en regardant les falaises ocre où, sans le savoir, Priscille m'avait dépucelé.

Bien entendu, je lui avais fait croire qu'elle n'était pas la première.

J'attendais toujours le moment où la fille s'aperçoit qu'il est tard et qu'elle ne trouvera pas mieux, se rend compte qu'elle est toute seule avec moi, et se dit qu'après tout on peut bien dormir ensemble, que cela n'engage à rien et je jurais toujours que nous n'allions rien faire, et en plus c'était vrai, du moins au début.

Toutes ces songeries se lisent en un éclair dans les yeux des femmes, à une ou deux heures du matin, quand elles me regardent à l'arrière du taxi qui les ramène chez elles et que, soudain, je me penche lentement vers ce consentement qui est aussi une sorte d'abdication résignée à leur sort.

Le pire étant la fille qui dit qu'on ne va pas gâcher une si belle amitié, que je suis son confident, son frère, son âme sœur et donc c'est non, elle préfère coucher avec des ténébreux indifférents qu'avec un amoureux transi.

J'ai toujours été attiré par les femmes romantiques et plaintives, qui soupirent en aspirant à une vie meilleure et engueulent leur mec pour défouler leur mal de vivre et évacuer leur insatiabilité.

Je déçois ces femmes comme ma mère, éternelle insatisfaite, condamnée au mouvement perpétuel et à la valse des maris.

Rien n'est assez bien à leurs yeux.

Ce sont des femmes qui exigent des efforts.

Avec elles on ne s'ennuie jamais, à force de ne jamais être à la hauteur de leurs rêves.

J'ai toujours été attiré par les casse-couilles, ces femmes qui gâchent la vie de tout le monde avant de finir seules, convaincues que c'est la faute des autres.

C'est tellement difficile de parler à quelqu'un : je préfère écrire, c'est plus simple.

Un soir, quelques années après 1983, je croise dans un cocktail une ravissante blonde de 1983.

Nous trinquons avec nos coupes, nous nous affalons dans un sofa, elle avale son champagne cul sec et me dit :

— Fred, je peux te poser une question ?

— Bien sûr, Axelle.

— Pourquoi tu ne m'as pas essayée ?

— Pardon ?

— Tu m'emmenais au cinéma, tu me téléphonais pendant des heures, tu étais le seul garçon rigolo dans les rallyes, on marchait ensemble au Luxembourg, tu portais une redingote militaire, tu te souviens de ce manteau ?

— Oui c'est un manteau de la police autrichienne volé au bal de Michel de Grèce, à Vienne.

— Quand tu marchais devant moi à grandes enjambées avec tes cheveux longs, tu ressemblais au général Bonaparte…

… Pourquoi tu dansais des slows avec moi et on se marrait tout le temps et tu n'as jamais essayé de m'embrasser ? Pourquoi ?

— Euh… Je ne sais pas. Je n'osais pas. Je croyais que tu t'en foutais… Pourquoi tu n'as pas essayé, toi ?

— J'ai pas osé non plus.

— Tu fais chier.

— Toi aussi tu fais chier. En plus je suis sûre que ça aurait été bien.

— Là tu fais encore plus chier.

Son sourire qui m'avait tellement fait craquer dix ans plus tôt me donna envie de l'étrangler.

Elle m'en voulait de ma timidité sans se reprocher la sienne.

Nous avions nos vies conjugales et tout allait bien.

Elle était toujours jolie.

Évidemment que ça aurait été très bien, nous deux.

Nous sommes rentrés chez nous fâchés, je ne l'ai jamais revue.

Merde, ce n'est pourtant pas compliqué à comprendre : je ne pouvais pas l'embrasser parce qu'il fallait que je rencontre Diane pour pouvoir me marier avec elle, et divorcer trois ans plus tard, afin de donner naissance à Chloë avec Delphine.

Voilà ce qui était prévu : Chloë Beigbeder, pas Axelle de Buffévent.

On ne se remet jamais des filles qu'on n'a pas embrassées.

Une chanson a tout dit sur cette peine : « Le Premier Pas », de Claude-Michel Schönberg (1974).

« J'aimerais qu'elle fasse le premier pas. »

Combien d'années de féminisme faudra-t-il encore attendre pour qu'enfin les femmes se décident à aborder les hommes ?

Je regrette l'époque où l'on dansait des slows.

Dès que les chansons lentes résonnaient dans les haut-parleurs, les garçons invitaient les filles à danser.

Ils les prenaient par la taille et les filles enroulaient les bras autour de leur cou.

Situation étrange : souvent, c'était la première rencontre.

Des jeunes hommes se retrouvaient ainsi, durant trois ou cinq minutes, dans les bras d'une fille qu'ils ne connaissaient pas.

Le jeu consistait à essayer de se rapprocher, se serrer d'un peu plus près, fourrer son nez dans les cheveux de la personne, dans son oreille, ou poser la tête sur son épaule.

C'était une situation extraordinaire d'avoir un accès provisoire au corps d'une inconnue.

Les slows étaient-ils des viols ?

On se parlait timidement, ou l'on se regardait en face, ou bien on se blottissait en silence.

Certains garçons bandaient, d'autres osaient un baiser ; sucer le lobe de l'oreille était considéré comme un objectif raisonnable.

Rouler un « patin » était une victoire.

La plupart, comme moi, ne faisaient rien ; ils essayaient seulement de meubler la conversation sans marcher sur les chaussures de la fille.

Je me souviens que je ne savais jamais où poser mes mains : parfois elles découvraient une taille plus fine que prévu ; parfois elles effleuraient deux épaules nues qui devenaient moites ou se raidissaient, réprimant un mouvement de recul…

Cette exploration d'un corps, mondainement autorisée, était confuse, embarrassante et un peu pornographique.

Ai-je connu des émois aussi intenses par la suite ?

Une femme merveilleuse était ma prisonnière pendant toute une chanson.

La mélodie était souvent si belle qu'on avait envie de pleurer.

Même si la personne ne nous plaisait pas, la musique nous persuadait de vivre un instant de romantisme absolu.

Il y avait des standards de slow, des chefs-d'œuvre du genre, sur lesquels il était impossible de ne pas tomber amoureux : « Rain and Tears » d'Aphrodite's Child, « Hotel California » des Eagles, « Still Loving You » des Scorpions, « How Deep is Your Love » des Bee Gees, « Fool to Cry » des Rolling Stones…

Mais le plus beau de tous, selon moi, est « Love Me, Please Love Me » de Polnareff, le morceau qui permet de vérifier si l'on a un cœur ou pas.

(Si tu ne pleures pas en l'écoutant, c'est que t'en as pas.)

Quand la chanson s'arrêtait, on changeait de partenaire.

Les garçons se ruaient tous sur la plus belle fille – à Paris, en 1984, elle s'appelait Olivia Berghauer.

Je ne veux jamais googler son nom, je refuse de savoir ce qu'elle est devenue, ce serait trop affreux s'il lui était arrivé quoi que ce soit.

Des autres filles, celles que personne n'invitait, on disait cruellement qu'elles « faisaient tapisserie ».

Tout ceci est tellement inconcevable aujourd'hui.

Peut-être bien que les slows étaient un système organisé de domination masculine, comme les dessins animés de Walt Disney et l'ouverture des portières automobiles.

Certes, les filles pouvaient refuser une invitation à danser le slow mais « cela ne se faisait pas ».

Et puis… il existait aussi le « quart d'heure américain », où les filles invitaient les garçons.

Le rêve de Claude-Michel Schönberg enfin réalisé !

Cette coutume vengeresse permettait aux amateurs de slow de se rendre compte que ce n'était jamais la fille qu'on préférait qui vous invitait et se collait contre vous.

Et cependant, au bout d'une chanson, il arrivait qu'on tombe très amoureux de celle qui avait fait le premier pas.

Comme l'a écrit Gainsbourg, « nous nous aimions, le temps d'une chanson ».

L'amour durait parfois le temps d'« A Whiter Shade of Pale » de Procol Harum : 5 minutes et 54 secondes.

Il était merveilleux de se laisser surprendre, de se laisser porter, de ne rien décider, voire de céder à l'insistance d'une rouquine à lunettes avec des taches de rousseur qui soudain devenait la plus belle femme du monde.

Le consentement, c'est bien ; l'ébahissement, c'est mieux.

À vingt ans, je fréquentais la bande du Versailles Squatters Club (VSC), un groupe rival du Caca's Club, spécialisé dans le « party crashing » (en français incruste ou squattage de soirées privées).

Le VSC avait établi un code sexuel en chiffres, adapté du « sex code » américain calqué sur les règles du base-ball (code qui est toujours en vigueur aux États-Unis) : « first base = embrasser avec la langue, second base = caresses de seins et organes génitaux, third base = sexe oral, home run = rapport sexuel complet ».

Voici le code sexuel du VSC tel que je m'en souviens.

1 : rouler une pelle
2 : flirt poussé, pelotage de seins
3 : faire l'amour
4 : fellation/cunnilingus (à noter que dans le code français, le sexe oral est mieux noté que le rapport sexuel vaginal, considéré comme plus difficile à obtenir dans les pays protestants)
5 : sodomie
6 : partouze
7 : homosexualité
8 : sadomasochisme
9 : zoophilie
10 : nécrophilie
11 : sadomasozoonécrophilie (par exemple torturer un canard mort)
12 : le sommet de la réussite : faire l'amour simultanément avec des sœurs jumelles.

Après chaque soirée, on échangeait des chiffres.

Voilà ce que furent les années 1980 : on numérotait ses performances sexuelles comme les enfants avec leurs pancartes dans « L'école des fans ».

Selon la chaleur de l'action, on pouvait rajouter des demi-points.

Exemples d'utilisation du code du VSC :

« Hier j'ai fait 3 avec Caroline (i.e. : j'ai couché). »

« Moi 4,5 avec Fanny (le demi-point supplémentaire signifiant fellation avec doigt dans l'anus). »

« Vous êtes minables, j'ai fait un 6 aux Chandelles avec un couple d'avocats (6 et demi serait avec un couple de lesbiennes). »

« Les mecs je vous bats tous : j'ai fait un 6 + 7 + 8 au sous-sol du Banque Club (gang-bang gay avec glory hole). »

L'homosexualité était considérée comme un exploit difficile à atteindre.

Le VSC, club exclusivement masculin, n'était pas homophobe.

Chose étonnante : ni la pédophilie, ni l'inceste ne figuraient dans le sex code du VSC.

Le 69 correspondait à une note de 4,5.

Quant au fist-fucking, on suppose qu'il pouvait mériter un 7,5.

Depuis Victor Hugo, toute personne qui écrit en regardant l'océan est ridicule.

Debout sur son rocher, l'écrivain aquatique dégaine sa plume et se prend pour un génie romantique.

Il confond le vent dans sa chevelure avec l'inspiration.

L'emphase liquide est son terrain de jeu.

Chaque vaguelette incarne un bouleversement intérieur, chaque *brouillarta* une apocalypse intime.

Debout sur la digue Bartherotte, je me sens galvanisé par le moindre cumulonimbus.

Attention, je vais bientôt me liquéfier.

D'ici le bas de cette page, mon âme va se déverser sur le papier comme l'écume sur le sable de la dune blanche.

Même ce retour à la ligne est lourd de signification.

En guise d'orages désirés, seule une bruine humecte mon front préoccupé.

La seule muse qui me taquine est une mouette qui hésite à chier sur mon pardessus, avant de bifurquer vers le sud.

Les oiseaux ne respectent rien, ni la fermeture des frontières, ni le port du masque.

La condition de troubadour séquestré à domicile par le gouvernement est humiliante.

Sans attestation, je déambule sur la plage tel un rebelle méconnu, vexé de n'avoir jamais été contrôlé.

L'eau salée et les algues rendent la digue glissante.

Cette phrase fut rédigée au péril de sa vie par un révolté silencieux, mou et trempé comme un chipiron mort sur l'étal du poissonnier des halles de Lège-Cap-Ferret.

Passé huit heures du soir, au mois d'avril, les poètes maudits ne croisent personne sur le front de mer.

Que voulez-vous : je n'ai pas le choix : si je dialogue avec les flots, c'est parce que l'humanité s'est absentée.

Je voudrais crier ma rage mais personne ne m'entendrait, à part quelques bigorneaux.

Victor Hugo a eu bien de la chance de ne pas connaître cette époque, où la poésie fut vaincue par la quarantaine.

Ma mère fut convoquée à l'école Bossuet fin 1975 car mon surveillant de classe avait découvert des dessins pornographiques dans mes cahiers.

À dix ans, je dessinais des femmes nues, des culs, des chattes et des nichons en imitant des BD érotiques et les magazines sexuels.

La couverture de *L'Express* avec *Histoire d'O* m'a particulièrement troublé (1er septembre 1975) : on y voit l'actrice Corinne Cléry seins nus, attachée et zébrée de traces de coups de fouet.

C'est une image qui a marqué au fer rouge – comme O l'est dans le film – ma libido infantile.

On peut dire que je suis devenu sadomaso à partir des fessées du père Fèvre.

Si je suis honnête, j'étais déjà perturbé par la séquence sadique de *Cendrillon* de Disney, dont la robe est lacérée par ses demi-sœurs.

J'avais vu *Cendrillon* au cinéma, une seule fois, dans les années 1970, les cassettes VHS n'ayant fait leur apparition qu'au début des années 1980.

La robe déchirée de Cendrillon est bien plus belle que la robe bleue totalement kitsch offerte ensuite par la fée, et la jolie bâtarde mille fois plus attirante avec les cheveux dénoués qu'avec son chignon laqué.

Mon moment favori est quand elle pleure avec les épaules dénudées, en haillons, lacérée de griffures sanglantes sur les bras infligées par ses affreuses belles-sœurs : Anastasie et Javotte de Trémaine.

Je pense honnêtement que je suis le seul écrivain contemporain qui assume d'être excité sexuellement en regardant *Cendrillon* en dessin animé.

À dix ans, je lisais *La Philosophie dans le boudoir* de Sade en Folio, *Histoire d'O* de Pauline Réage en Livre de Poche, Emmanuelle Arsan, Erica Jong, la trilogie *Sexus* de Henry Miller, *Portnoy et son complexe* de Philip Roth et *Venus Erotica* d'Anaïs Nin en cornant les passages les plus pornos.

Les œuvres complètes de Pierre Louÿs trônaient dans le salon de mon grand-père à Guéthary : des contes de libertinage sexuel avec l'alibi de la mythologie antique.

Ce sont des lectures qui font jouir de honte.

Les meilleurs plaisirs de ma vie ont toujours été coupables.

Finalement, le retour du puritanisme n'est pas une mauvaise nouvelle pour les épicuriens qui ont besoin d'interdits à transgresser.

Je pense que le *sensitivity reader* de chez Grasset a dû laisser ce passage par erreur et je m'en excuse.

Pour un enfant comme moi, il était très étrange de se sentir objet de désir des adultes.

Je me souviens qu'il y avait un gros monsieur dans mon immeuble, qui vivait dans une chambre de bonne, au sixième étage, rue de la Planche, Paris 7e.

Il m'invitait dans sa chambre et me donnait des Pépito.

Il se disait mon ami.

« Nous sommes amis, n'est-ce pas Frédéric ? »

Et je répondais oui par politesse, même si je me disais que j'avais assez peu d'amis plus vieux que mon père qui me caressaient les cheveux.

Je n'étais pas très rassuré quand il refermait derrière moi la porte de son studio pour m'offrir des petits biscuits.

Un jour j'ai parlé de mon ami du sixième étage à ma mère qui m'a immédiatement interdit de revoir ce monsieur, lequel m'injuria ensuite lorsque je le croisai dans l'escalier de service.

J'ai eu de la chance de ne pas être victime d'attouchements.

Ou bien l'ai-je été sans m'en rappeler aujourd'hui ?

Je me souviens que j'étais attiré par l'interdit.

Je le suis toujours, de façon puérile.

Dès que le gouvernement interdit quelque chose, j'ai envie de désobéir.

Jamais je n'aurais pu imaginer que la fête serait prohibée en France sans la moindre protestation des citoyens.

C'est spécial d'avoir grandi dans les années 1970.

Les seventies sont la période où mes parents ont divorcé et où l'humanité a accéléré la destruction de son environnement.

Et vous voudriez que ce ne soit qu'une coïncidence ?

La rupture de mes parents est l'unique cause de la fin du monde.

La libération sexuelle, moi je l'ai vécue à partir de cinq ans.

On voyait des zizis partout.

Des exhibitionnistes ouvraient leur imperméable devant mon école, mon club de tennis, et dans mon square.

Les curés nous donnaient des fessées cul nu, les femmes arrivaient seins nus aux soirées de mes parents, sans parler des plages en été où tout le monde était à poil, et des *Lui*, *Playboy*, *Zoom*, *Absolu* et *Newlook* qui trônaient sur les tables basses, et moi qui bandais dans mon pyjama.

La première fois que j'ai vu des photos de pubis rasés, j'avais neuf ans.

Amis divorcés, prière de trier ce qui traîne sur vos tables basses, quand vous avez la garde de vos gamins le week-end.

Vous risquez de les convertir en érotomanes à vie.

Même la bande dessinée s'est mise à représenter le sexe.

Quand Gotlib a commencé à dessiner des bites dans *Fluide glacial*, ce fut pour moi, selon l'expression consacrée : « un changement de paradigme ».

Dans les années 1970, on a cru que la libération de la femme pouvait aller de pair avec la révolution sexuelle.

Ma mère collectionnait les albums des *Frustrés* de Claire Bretécher, où des femmes à lunettes et foulards, avachies dans des sofas, comparaient les prouesses sexuelles de leurs amants.

C'est seulement bien plus tard qu'on s'est aperçu que ces deux mouvements étaient contradictoires.

La révolution sexuelle ne libérait pas la condition féminine, mais augmentait le nombre des agressions, des viols, des incestes.

À dix ans je voyais du sexe partout : dans la bibliothèque de ma mère, dans les rues, sur les kiosques à journaux, sur les plages, et chez mon père qui organisait des fêtes.

J'ai tourné un plan séquence qui ouvre mon film *L'Idéal* pour décrire mon enfance.

Un petit garçon en pyjama, entouré de jolies femmes presque nues qui s'embrassent en fumant des joints et en sniffant du popper's : la voilà, mon enfance bénie.

Je lisais des magazines de bande dessinée où le cul était omniprésent : *Métal hurlant* (tendance bondage intergalactique à seins plantureux), *L'Écho des savanes* (pour s'exciter sur des aventures de nymphomanes : *Le Déclic* de Manara ou *Les 110 pilules* de Magnus), *Fluide glacial* (pour « Pervers Pépère » et la jubilation libertaire).

À douze ans, je lisais l'*Histoire d'O* de Guido Crepax.

Une excitation inconnue : la perversité.

Un enfant peut être troublé par les cris de douleur d'une esclave qui offre sa souffrance uniquement pour faire gonfler la verge de ses maîtres.

Comme c'est tordu et logique à la fois !

Je découvrais que la cruauté est aphrodisiaque.

Premiers orgasmes : une goutte blanche qui perle au bout du sexe.

Impression d'avoir découvert le nirvana.

Combien de fois par jour peut-on faire jaillir cette gouttelette nacrée ?

Réponse : à cet âge-là, une dizaine.

Rien ne peut rivaliser avec l'orgasme ; le reste a cessé de m'intéresser.

Il y a des dessins érotiques qui sont des traumatismes merveilleux.

Jusqu'alors, le simple durcissement du pénis qui se tendait et se dressait me suffisait, mais je compris que ce chatouillement du bas-ventre n'était qu'un avant-goût.

Soudain je découvrais le basculement insensé dans une dimension supérieure, un gouffre où l'on tombe vers le haut, et je comprenais enfin pourquoi tous les hommes étaient dingues, pourquoi ils couraient après toutes les femmes, pourquoi ils étaient prêts à imaginer toutes sortes de contes de fées sanguinaires : pour cette perle blanche qui sort de l'urètre, sent l'amidon et fait fermer les yeux en ne pensant plus à rien.

Quand José Feliciano gémit de désir dans sa version de « Susie Q », à neuf ans je comprenais parfaitement ce que ressentait le Ray Charles portoricain.

Mais la chanson la plus électrisante était celle d'Aphrodite's Child : « ∞ ».

C'était sur *666*, un double album rouge consacré à l'Apocalypse selon saint Jean.

La chanteuse Irène Papas y poussait des cris d'orgasme bien plus violents que ceux de Jane Birkin sur « Je t'aime moi non plus » (1969) ou Donna Summer dans « Love To Love You Baby » (1975).

Elle criait psalmodiquement les mots « I am to come, I was to come » une centaine de fois, sur fond de cymbales psychédéliques.

J'étais terrorisé dans le salon de mon père par ces beuglements d'une folle dont je ne savais pas si elle jouissait, souffrait ou cumulait les deux.

J'étais surtout secoué d'être le seul à prêter attention à ce fond sonore hystérique.

Les amies de papa se servaient tout naturellement de champagne et de caviar sur fond de hurlements orgasmiques.

L'idée du compositeur (Vangelis) était d'inverser les mots du livre de la Révélation : « Who was I is to come ».

La traduction française de ce verset est :

CELUI QUE J'ÉTAIS VIENDRA.

C'est réellement ce que je ressens à l'instant présent.

Le moment de l'Apocalypse est celui où le temps s'inverse, le passé devenant avenir.

Paralysé par une pandémie, le monde se trouve à cette croisée des chemins, ce moment historique où seul le passé peut nous sauver.

J'ai mis quarante-cinq années à saisir le message de *666*.

Quand ton futur est derrière toi, c'est la fin du monde, et quand ce moment arrive, il ne te reste plus qu'à attendre ton passé.

J'étais un garçonnet avec une bosse à l'entrejambe de son pyjama Charlie Brown, câliné par Renée Simonsen et Elisabetta Ramella, et d'autres mannequins moins célèbres qui fumaient des beedies et dont les seins lourds, sphériques, blancs aux pointes roses, s'échappaient de vestes ouvertes de smoking noir YSL.

Des seins qui tendent le tissu qui les recouvre : c'est ma conception du bonheur, surtout si le tissu est doux, flou et translucide.

J'ai passé mon enfance entouré de seins nus et de fumée de cigarettes aux clous de girofle, et puis est survenu le XXIe siècle, et les seins se sont cachés quelque part, on ne les a plus revus, mais en revanche, chaque fois que je sens la fumée de clous de girofle, j'entends des aréoles se frotter contre du tissu et des tétons durcir sans soutien-gorge.

En classe de cinquième au lycée Montaigne, ma prof de français se nommait Bernadette Beucler.

Elle avait la chevelure rousse d'une hétaïre baudelairienne et des robes fleuries qui bâillaient parfois sur une poitrine blanche, mouchetée de taches de rousseur.

Folle dont nous étions affolés.

Toute la classe en était amoureuse, filles comme garçons.

J'admire Emmanuel Macron d'avoir réussi à séduire sa prof car j'ai connu le même désir au même âge, sans parvenir à l'assouvir.

Bernadette nous fit étudier « À celle qui est trop gaie », l'une des six pièces condamnées des *Fleurs du mal.*

Aujourd'hui, certains enseignants sont décapités pour moins que cela.

Le poème s'achève sur un viol avec contamination syphilitique, selon la justice française de 1857.

« Ainsi je voudrais, une nuit,
Quand l'heure des voluptés sonne,
Vers les trésors de ta personne,
Comme un lâche, ramper sans bruit,
Pour châtier ta chair joyeuse,
Pour meurtrir ton sein pardonné,
Et faire à ton flanc étonné,
Une blessure large et creuse,
Et, vertigineuse douceur !
À travers ces lèvres nouvelles,
Plus éclatantes et plus belles,
T'infuser mon venin, ma sœur ! »

Inceste ? Féminicide ?

Bernadette a dû bien se gausser de voir nos têtes troublées d'enfants excités de la classe de cinquième du lycée Montaigne.

La sublime suppléante aux robes décolletées disparut en cours d'année.

J'ai oublié le nom du titulaire qu'elle remplaçait, mais je n'oublierai jamais Mademoiselle Beucler.

Je me prosterne de gratitude.

Si j'écris aujourd'hui, quarante années après, c'est parce que vous m'avez inoculé votre venin, ô sensuelle maîtresse de la rue Auguste Comte, aux parfums obsédants et aux références décadentes !

Une autre rouquine, Fifi Brindacier, neuf ans, vivait seule, en porte-jarretelles vert, dans une grande maison, avec un coffre de pièces d'or, et montrait sa culotte aux policiers.

Son père était un pirate absent qui la laissait sécher les cours pour s'acheter des tonnes de bonbons.

Voilà le genre de feuilletons que je regardais sur la Première chaîne de l'ORTF en 1971.

À l'âge de huit ans, j'ai posé en photo avec mon frère aîné sur la couverture d'un magazine qui s'intitulait *Tout l'univers*.

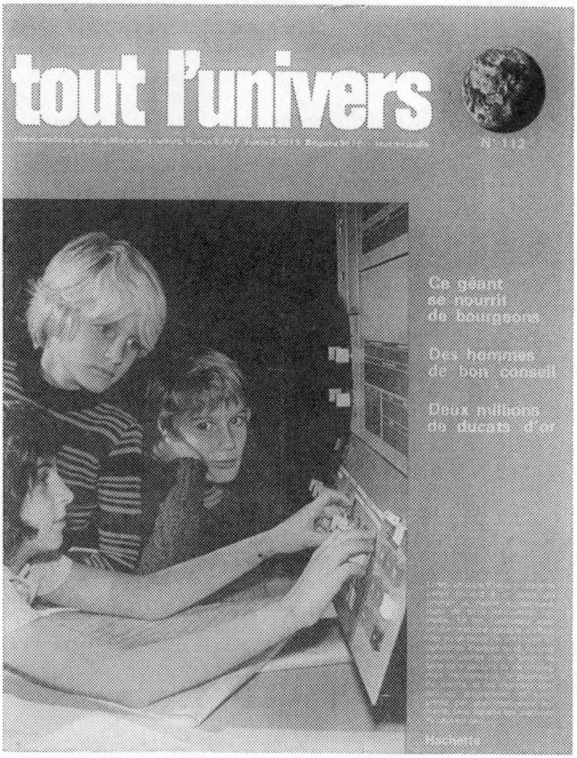

Le numéro 112, daté du premier trimestre 1974, consacrait un dossier à des machines nouvelles venues d'Amérique : les ordinateurs.

La photo nous montrait devant une grosse machine de métal avec des touches bleues, rouges, des boutons blancs, des chiffres mystérieux, des rubans magnétiques.

Notre mère travaillait pour Hachette, le groupe de presse qui éditait *Tout l'univers*, et on lui avait proposé de prêter ses garçons pour la séance.

Charles regardait l'ordinateur avec intérêt : aujourd'hui encore, il investit dans les machines quantiques.

Une fille dont je ne connais pas le nom tournait les gros boutons.

Quant à moi, je regardais le photographe avec inquiétude.

Je soignais déjà mon image publique.

La légende de cette photographie disait : « Lorsqu'on parle d'un ordinateur on pense souvent à un robot qui pourrait se passer avantageusement de toute intervention humaine… »

« … En fait, l'ordinateur n'est qu'une machine capable d'effectuer en un temps record toutes les opérations logiques qu'un homme n'aurait parfois pas le temps de faire en y passant une vie entière… »

Le monde de mon enfance ignorait ce qui l'attendait.

Ces machines restent encore contrôlées par l'homme, mais il ne peut plus s'en passer.

La photographie ci-dessus montre trois enfants ignorant que leur existence sera bientôt avalée par le monstre grisâtre qui leur fait face.

Il est assez ironique de lire le premier titre sur la droite : « Ce géant se nourrit de bourgeons ».

Le hasard de l'editing fait parfois bien les choses.

Mon plus ancien souvenir d'image vue à la télévision en noir et blanc, ce sont des petits rats (des danseuses) qui gambadent en tutu sur les toits de l'Opéra.

Une des fillettes tombe dans le vide.

Forte émotion érotique : ce qui confirme qu'à l'âge de deux ans, j'étais déjà sadique.

Pendant longtemps je n'ai pas su d'où venait cette image.

En fait, c'était dans un feuilleton télé intitulé *L'Âge heureux* (1966) avec Delphine Desyeux dans le rôle principal.

J'ai dû le voir à l'âge de deux ou trois ans.

Je me souviens aussi d'avoir été traumatisé par un épisode de *Chapeau melon et bottes de cuir* avec un méchant déguisé en rapace qui escalade les façades pour entrer par la fenêtre et tuer les gens en les lacérant de griffures (il porte le même masque effrayant que dans *Phantom of the Paradise*).

Je craignais qu'il ne débarque dans ma chambre.

J'ai aussi été terrorisé par un épisode de Laurel et Hardy où l'un des deux est gonflé par un tuyau, et grossit, grossit, devient une montgolfière et pousse des cris.

Je me suis mis à pleurer comme mon fils Léonard en voyant Charlot entrer dans la cage du lion, dans *Le Cirque*.

À deux ans, le spectacle de la douleur humaine ne fait pas encore rire.

Même chose avec les films de Jerry Lewis : je ne riais pas quand il glissait et tombait par terre, j'avais mal pour lui.

J'étais terrorisé quand une horde de balais attaque Mickey dans *L'Apprenti sorcier*.

À dix ans, mes marionnettes préférées étaient les deux vieux du *Muppet Show*.

Je les aimais énormément sans savoir qu'un jour je ferais leur métier.

J'ai passé ma vie à commenter le travail des autres en maugréant ces trois syllabes : « la-mentaaaable ! »

Savez-vous qu'ils s'appellent Waldorf (le moustachu) et Statler (celui dont les sourcils se rejoignent) ?

Les deux vieux critiques éclataient de rire à leurs propres perfidies, comme moi au « Masque et la Plume ».

Statler : On dit que toutes les meilleures choses ont une fin…
Waldorf :… mais ici la fin, c'est la meilleure chose !
Hahaha

Statler : Ce spectacle était affligeant.
Waldorf : Quel spectacle ?
Hahaha

Statler : Ces sièges sont très mal placés.
Waldorf : Oui, on voit la scène !
Hahaha

Statler : Peut-être qu'on va avoir de la chance ce soir ?

Waldorf : Seulement si le spectacle est annulé !
Hahaha

Statler : Ce spectacle est de mieux en mieux chaque semaine.
Waldorf : Non c'est ta vue qui baisse !
Hahaha

Statler : Mais COMMENT font-ils pour faire ça ?
Waldorf : Comment faisons-NOUS pour regarder ça ?
Statler : POURQUOI regardons-nous ça ?
Waldorf : Pourquoi TU regardes ça ?
Hahaha

Parmi ces citations, certaines sont inventées : à vous de deviner lesquelles.

Je les notais toutes sur mon carnet.

Je n'ai jamais changé de méthode, pour une raison simple : je n'ai pas de mémoire.

Si je ne note pas une phrase, elle est perdue.

On ne sait jamais quand une phrase va arriver ; il faut être prêt.

C'est souvent dans les pires circonstances que surgit l'inspiration, en prenant son bain, ou en conduisant une voiture.

À ce propos, je conseille de se garer pour écrire.

Inutile de tuer des gens, écrivain est une profession suffisamment mal vue.

Pour noter une phrase de ce livre, j'ai failli tuer un groupe de campeurs dans la pinède nommée le Truc Vert.

Une phrase mérite-t-elle le sacrifice d'une famille d'honnêtes travailleurs dans un truc vert ?

Si vous répondez oui, c'est que vous avez toutes les qualités requises pour devenir romancier professionnel.

Avant d'avoir un visage « médiatisé », il m'arrivait souvent de dégainer mon carnet en société pour écrire sur mes genoux.

Je ne le fais plus : trop honteux.

J'ai l'impression que c'est comme si je sortais mon sexe pour me masturber en public.

Parfois je vais me planquer aux toilettes pour noter une idée.

Ou je me lève de table, prétendant que je vais fumer une cigarette, alors que je sors griffonner.

Je suis obligé de me cacher pour immortaliser une boutade, une anecdote, une coiffure, un aphorisme, une réminiscence.

Mes carnets sont comme l'appareil photo d'un paparazzi, le micro caché d'une balance infiltrée, qui enregistre les conversations les plus privées.

Il s'agit de tout saisir en une fraction de seconde.

Ma pile de petits brouillons recouvre une année d'espionnage et de trahisons.

Il faut compter encore un an et demi de relectures et de ratures : par conséquent, l'écriture dure trois ans.

On écrit pour être meilleur, mieux que le vrai ? Ou bien on écrit pour être soi, pour être vrai ? Je ne sais pas, cela dépend du niveau d'angoisse.

J'écris des livres parce que je ne suis pas sur les réseaux sociaux.

Je me revois écoutant mes premières compilations en cassette BASF dans les écouteurs de mon baladeur Sony.

La distanciation sociale est née bien avant 2020.

L'invention du Walkman par Sony en 1979 avec son casque portable permettait de s'isoler intégralement du monde extérieur.

Ensuite le téléphone mobile et les écouteurs d'iPod ont façonné une génération parfaitement indifférente à son prochain.

Il n'y a rien de plus atroce que d'adresser la parole à une femme qui porte des écouteurs et de se sentir entièrement inexistant, tandis que la belle indifférente écoute le dernier Ed Sheeran.

La distanciation musicale a pavé la route à la distanciation sanitaire.

Chaque étape entérinait la coupure définitive entre les humains.

Le monde capitaliste a sciemment organisé la solitude de tous, en supprimant d'abord la cellule familiale, puis en commercialisant des outils techniques favorisant l'isolement individuel, sous couvert de faciliter les relations humaines (en réalité en les virtualisant).

La reconstitution de microsociétés en autarcie est la dernière utopie qu'il reste aux humanistes pour recréer une forme de tissu social.

Je m'étais spécialisé dans les filles sans papa et je n'ai jamais changé de cible.

Je ne le faisais pas exprès mais je tombais systématiquement amoureux de filles de pères absents, en plein divorce, ou séparés, en voyage d'affaires, ou carrément orphelines.

Sans doute venais-je combler un manque, alors que je n'avais pourtant rien de rassurant.

Bien que noceur, futile, plaisantin, et intermittent du romantisme, durant le bref laps de temps où j'étais amoureux, moi, au moins, j'étais là.

Dans une époque d'hommes en fuite, je répondais présent à l'appel.

C'est comme si j'avais toujours su qu'un jour je rencontrerais la femme qui me simplifierait la vie et ne me donnerait plus envie de partir.

Le soir où j'ai rencontré Lara, je le lui ai dit tout de suite : tu seras ma dernière femme.

Tu es la femme de ma vie, jusqu'à ma mort.

Je mourrai dans tes bras.

Je savais qu'il ne faut jamais prononcer ces phrases ridicules qui l'ont fait reculer d'un pas (et douter plusieurs mois) mais j'étais pressé d'être sauf.

J'escompte que ma prédiction fataliste se réalisera aux alentours de 2050, quand la température de l'air aura augmenté de 3 degrés et le niveau de la mer d'un mètre.

Dans les plus belles chansons de mon adolescence, à la fin, on « shuntait » la mélodie.

Le volume baissait à la fin, par exemple, de « Wuthering Heights » de Kate Bush.

Le son s'atténue comme si la chanson continuait, mais ailleurs, sans nous.

C'est comme si la mélodie s'éloignait.

LIVRE 3

Un barrage contre l'Atlantique

« Il est vrai que la mer ne montait pas à la même hauteur chaque année. Mais elle montait toujours suffisamment pour brûler tout, directement ou par infiltration. (...) En principe, prétendaient-ils, l'assèchement de la plaine ne pouvait faire l'objet que d'un plan gouvernemental, mais aucun règlement, à leur connaissance, n'interdisait à un concessionnaire de faire des barrages sur sa propre concession. »

Marguerite DURAS,
Un barrage contre le Pacifique, 1950

Le cap et la côte pourraient s'apparenter aux gradins d'un cirque dont l'ovale central serait l'atoll émergeant, le banc de sable en forme de piste aux étoiles.

Benoît Bartherotte est debout sur sa digue de poteaux électriques en béton (des « longrines ») de quarante mètres envoyés par le fond depuis trente ans.

Il regarde la marée qui descend et aspire le sable de sa plage ; la marée montante lui en rapportera autant.

Mille cinq cents mètres cubes de sable apparaissent et disparaissent chaque jour.

Comme unique vêtement, il porte un caleçon bleu ciel dont, les jours de chance, un testicule dépasse parfois, furtivement, en quête de liberté.

On dirait le Père Noël dessiné par Reiser.

Je le regarde et lui demande s'il attend un tsunami.

Il répond à côté : « Oh putain ! Tu as vu ce ciel ce matin ? Putain, une couleur que j'avais pas dans ma collec ! »

Le métier de Benoît c'est collectionneur de ciels.

Je l'ai connu il y a vingt ans avec Laura.

On faisait la fête pieds nus tous les soirs.

C'était n'importe quoi : j'ai fouetté Benoît avec ma ceinture devant toute la bourgeoisie du Cap Ferret, réunie pour un concert de musique classique chez Patrick Hourquebie.

Ce libraire a souvent fêté la rentrée littéraire au Cap Ferret.

Patrick organise des conférences littéraires à ciel ouvert devant un public clairvoyant.

Je me souviens d'une nuit agitée où Simon Liberati et moi avons ramené deux brunes dans nos chambres mitoyennes, dans la maison de la famille Hourquebie, où nous étions logés.

L'une voulait coucher avec Simon qui ne voulait pas ; elle s'en est allée.

L'autre ne voulait pas de moi mais elle est restée ; un condensé de ma vie.

Nous avons passé la nuit à tenter de la convaincre de nous aimer, avant de nous endormir tous les trois pelotonnés comme des petits chats dans leur panière.

La soirée parfaite, n'est-ce pas un peu de littérature, d'ivresse et d'échec amoureux ?

À l'origine, le Cap Ferret était peuplé uniquement de marginaux.

C'est pour cela que beaucoup de routes n'y sont même pas goudronnées.

Les premiers colons du banc de sable furent Bobby Le Quellec et Zaza Brossier : des enfants de bonnes familles qui ne supportaient pas de vivre à Bordeaux.

Des chasseurs, des renégats, des outlaws.

Ils squattaient le Ferret sans autorisation depuis 1895.

Il n'y avait pas de route, on venait en bateau.

Il y avait une douzaine de baraques de pêcheurs et les marins vivaient sur leurs embarcations.

Je vous parle d'un temps d'avant les SUV Diesel et *Les Petits Mouchoirs.*

Avec Laura, nous ne dormions pas du mois d'août.

C'était une passion amoureuse ; nous nous quittions un matin sur deux.

Et le reste du temps nous nous suicidions ensemble.

Nous avions beaucoup de choses en commun : l'absence du père, la mère qui travaille trop, deux parents ayant une vie amoureuse intense.

Mais ses yeux étaient bien plus bleus que les miens.

J'aurais dû me douter de ce que son regard impliquait.

Laura était plus photovoltaïque que moi.

J'étais émotif, romantique et susceptible ; elle était fragile, mélancolique et écorchée.

Bien que plus âgé, je manquais de stabilité.

Je n'en étais pas conscient à l'époque mais ce n'est pas un hasard si j'ai emménagé en 2017 dans un petit port basque protégé par une digue.

Notre différence est facile à résumer : je prenais la fête comme un exutoire léger, elle comme une solution radicale.

Nous n'éprouvions pas le même degré de désespoir parce que personne, en France, ne vivra jamais la même enfance que Laura Smet.

Avec Laura on se prenait pour Bonnie and Clyde.

Oona Chaplin disait de son mari Charlie : « He makes me mature and I keep him young. »

Avec Laura c'était le contraire : je la maintenais en enfance et elle me faisait vieillir à vue d'œil.

On écoutait en boucle le quatrième album des White Stripes, *Elephant*, qui venait de sortir et dont le meilleur morceau est une reprise de Burt Bacharach : « I Just Don't Know What To Do With Myself ».

Nous ne savions pas quoi faire de nous-mêmes.

Laura avait une bande de copines très marrantes.

L'une montrait ses seins dans les bars, l'autre changeait de fiancé tous les soirs, la troisième galochait les deux autres.

On voyait beaucoup Lolita Pille au bar du Lutetia, les autres c'était au Mathis, rue de Ponthieu.

Une fois il nous est arrivé de prendre un verre avec Juliette Gréco qui nous trouvait rigolos ; une autre fois c'était Dominique Besnehard, le parrain de Laura, qui nous faisait la morale.

On se lançait des défis : « cap ou pas cap de traverser la Maison du Caviar à poil », « cap ou pas cap d'imiter la statue de la liberté, sans bouger, debout sur le bar », « cap ou pas cap de rouler des pelles à toute cette table », « cap ou pas cap de boire cinq shots de tequila d'affilée ».

Notre addiction la plus violente était le menu aux truffes de chez Dumonet, le restaurant situé en bas de chez Laura, rue du Cherche Midi.

On s'y gavait de foie gras, omelette aux truffes, carré d'agneau ou côte de bœuf béarnaise, suivis de mille-feuille recouvert de sucre glace.

Nous y avons passé toutes nos soirées de 2004 et 2005.

Il est vrai que le Baron nous servait parfois de digestif.

C'est là que je l'ai rencontrée.

Le Baron était un club rouge et noir où le « monde entier » – entendons-nous sur le sens de cette expression, signifiant trois cents personnes gravitant dans les médias, la musique et le cinéma – se retrouvait entre 2 heures et 6 heures du matin pour danser car ces chômeurs professionnels « précaires et branchés » (comme les avait baptisés le magazine *Technikart*) n'étaient pas obligés de se réveiller tôt le lendemain.

Le concept du Baron était simple : éteindre toutes les lampes et monter le son de morceaux qui empêchent de parler, comme Rage Against the Machine : « Killing In the Name » ou « Song 2 » de Blur.

Tout le monde regardait Laura boire du champagne à la table centrale, proche de la piste de danse.

Je ne sais plus qui nous a présentés, peut-être Lolita.

Laura était nommée aux César pour son rôle dans *Les Corps impatients* de Xavier Giannoli, un film sur le cancer, pour lequel elle s'était rasé la tête.

Les Corps impatients : ce titre résume pour moi toute cette époque.

Les corps impatients mais impatients de quoi ? De mourir ? De vivre ? Ou de savoir quoi faire entre les deux ?

Je lui ai proposé de retrouver l'anonymat en se cachant sous ma veste.

Quand nous nous sommes embrassés, mes lunettes, mes cartes de crédit, mon passeport et mon BlackBerry sont tombés par terre.

Elle a dû avoir pitié de moi et m'a aidé à ramasser mes affaires ; la manœuvre s'est achevée sur le sol, empilés, agglomérés.

Séparé de ma deuxième épouse, je dormais au Lutetia.

Comme Laura habitait à côté, nous avons pris le même taxi.

Nous sommes restés dans ce taxi pendant deux ans.

Le taxi s'est transformé en montagnes russes, en grand huit, puis en train fantôme – la vie comme un parc d'attractions sans autre but que l'étourdissement.

Je suis tombé sur de l'or et j'en ai fait de la boue.

Laura est Arthur Cravan en femme : un animal sauvage, un fauve en liberté, une femme fatale, instinctive et curieuse, douce avec autrui mais dangereuse contre elle-même.

Son sourire tendre contredisait ses seins pointus qui ne portaient jamais de soutien-gorge.

On s'aimait, on se disputait, on se réconciliait mais on ne s'ennuyait jamais.

Elle faisait toujours l'amour comme si c'était la dernière fois.

Vivre chaque journée comme si c'était la dernière est un peu usant.

Au Cap Ferret, Laura prenait le volant de mon Aston louée et conduisait à 200 km/h sans regarder la route et en criant très fort, avec « Fell In Love With A Girl » à fond.

Il y a vingt ans, les nuits du Cap Ferret étaient hystériques, intenses et sexuelles.

Nous avions les dunes pour nous allonger derrière le Sailfish.

Quelque chose s'est aseptisé il y a dix ans mais le délire y était monstrueux dans les années 2000.

On descendait à la mine du New Centaure, une discothèque où tout transpirait, même les murs.

On y dansait pieds nus dans le verre pilé et l'urine de viande soûle prépubère.

C'est un miracle que nous soyons toujours vivants, après deux ans à nous prendre pour Kate Moss et Johnny Depp (mais après tout, eux aussi sont restés en vie).

L'histoire a bien fini puisqu'on a fait des enfants avec des personnes qui nous veulent du bien.

C'était moins une.

Qu'est-ce qui nous a protégés ?

La chance est la preuve de l'existence de Dieu.

Pour faire comprendre notre degré de folie : juste un petit souvenir du Festival de Cannes 2005.

On avait fait la tournée : Jane's Club, Baron, VIP Room, avec les bouteilles de champagne et de vodka offertes partout…

Je suis de retour dans notre suite payée par la production du « Grand Journal » de Canal+ où je commente les sélections parallèles (en clair : je ne fous strictement rien).

Il est deux ou trois heures du matin.

Je suis rentré avant Laura qui m'envoie un texto : « Je suis avec Ludivine, prépare le champagne, on arrive. »

Ludivine Sagnier.

Ludivine est la créature la plus érotique qui soit, et si vous ne me croyez pas, regardez *Gouttes d'eau sur pierres brûlantes* ou *Swimming Pool* de François Ozon.

Et là, dans mon état second, me vient une idée brillante : déclencher un plan à trois.

Je débouche la bouteille de champagne plongée dans un seau à glace, me déshabille entièrement et me cache dans le placard de la chambre.

Laura et Ludivine entrent et commencent à se servir des coupes, j'attends quelques minutes… et soudain je bondis hors de ma cachette, nu comme un ver.

J'espérais sans doute que la vue de mon corps provoquerait une réaction plus sensorielle, mais les deux copines éclatent de rire.

Aujourd'hui je me rends compte de l'évolution de la société : ce style de surprise ne ferait plus rire personne en 2022.

Louis C.K. a tout perdu pour moins que ça.

Il se trouve que l'hilarité de Ludivine a complètement désamorcé mon geste, et que j'ai vite enfilé un peignoir pour boire une piscine de champagne rosé avec les deux amies sans faire le malin.

Jusqu'à ce jour, Ludivine n'a pas balancé cette mésaventure dans la presse, et c'est donc moi qui m'en charge ici.

Sa seule vengeance est de me surnommer « Placarman » depuis vingt ans.

À chaque fois qu'elle me croise, elle dit « ah te voilà Placarman ! », « bonsoir Placarman », « ça va Placarman ? »

Voilà, je pense que cette anecdote donne une idée des délires du showbiz d'avant #MeToo.

Une des plus belles choses qui me soient arrivées dans la vie est que Laura m'ait pardonné tout le mal que je lui ai fait.

Je ne crois plus au hasard, uniquement aux signes.

En 2005, Laura Smet m'a offert, pour l'anniversaire de mes quarante ans, un volume datant de 1887 des *Œuvres posthumes* de Baudelaire comprenant « Fusées » et « Mon cœur mis à nu », dans lequel figure sa plus angoissante prophétie.

« *Le monde va finir.*

« *La seule raison pour laquelle il pourrait durer, c'est qu'il existe.*

« *Que cette raison est faible, comparée à toutes celles qui annoncent le contraire.*

« *... peut-être même que nous retournerons à l'état sauvage, et que nous irons, à travers les ruines herbues de notre civilisation, chercher notre pâture, un fusil à la main.*

« *Nous périrons par où nous avons cru vivre.* »

Ce fragment décrit très exactement la vie qui nous attend désormais.

Cette pointe du Ferret que Laura m'a fait découvrir et ce livre de Baudelaire qu'elle m'a offert constituent une sorte de rébus que j'ai mis deux décennies à déchiffrer, mais la vie est-elle autre qu'une énigme dont nous tentons de recoller les morceaux jusqu'au jour de notre trépas ?

Vingt ans ont passé ; je retrouve Benoît et Laura à la pointe du Cap Ferret ; ils semblent moins fatigués que moi.

Le Don Quichotte de la Pointa est aussi surnommé « le Seigneur du Bout des Terres » : il est le chaînon manquant entre Cervantès et Tolkien, avec un zeste de Henry D. Thoreau, l'Américain qui militait pour la nature et contre l'esclavage.

Quand j'ai connu Benoît, il avait cinquante ans et maintenant c'est mon âge.

Il a toujours cet œil qui frise, semblant dire que toute conversation est inutile car il t'a déjà jugé, condamné et gracié.

Il s'est mis à dos tous les maires du coin à force de procès pour empêcher la construction de ports, d'immeubles, de centres de vacances et de logements moches qui risquaient de défigurer sa vue.

Il compte allonger encore sa digue « autant que Dieu le lui permettra ».

Sa grande idée fut d'enchevêtrer dans l'océan les déchets des voies abandonnées de la SNCF pour laisser l'océan créer du calcaire.

Les remblais délimitent ce que les savants nomment la « zone critique » où les humains peuvent subsister dans une atmosphère modifiée par le réchauffement climatique.

« Maintenir l'habitabilité du territoire », comme dit Bruno Latour, tel est le projet de la digue Bartherotte, qui est pourtant tout sauf un ouvrage écologique.

Quoique : le béton est fabriqué avec du sable, jeter du béton au fond de la mer est une façon de remettre les éléments à leur place originelle.

Depuis que l'être humain est sorti de sa grotte, tout, absolument tout ce qu'il a fait n'a été qu'émancipation de la nature.

La vie moderne est l'antithèse de la vie sauvage.

La digue m'a enseigné qu'un tractopelle est aussi beau qu'un arbre sur un banc de sable, surtout quand l'arbre et le banc de sable ne seraient pas là sans le tractopelle.

Il faut se réjouir d'habiter une île déserte de carte postale, avec des palmiers entourés de rétrocaveuses.

Le dandysme est le contraire du naturel.

On peut être écologiste et néanmoins dandy, c'est-à-dire défendre la nature en ayant recours à quelques artifices mécaniques consommant du gas-oil.

Aucun de mes gestes depuis ma naissance n'a à voir avec la vie naturelle.

La nature est un chaos absolu, la violence à l'état pur, c'est manger ou être mangé.

Ce que Benoît résume d'une phrase : « La paix est fille du combat. »

L'humanité est un projet qui consiste à domestiquer la nature : avoir de l'eau potable, du chauffage, de la lumière dans sa maison est un miracle quotidien.

Comment ne pas abîmer cette nature en la domestiquant ?

L'homme est une bête sauvage qui a été trop loin en direction de la machine ; on pourrait dire que l'homme doit faire machine arrière.

Les crabes pullulent sur les rochers de la digue Bartherotte.

À la tombée du jour la digue devient un amas de carcasses grouillantes, ses rocs brunissent et luisent de pinces menaçantes.

Les crustacés s'entassent au sommet de la pyramide sous-marine de quarante mètres.

Je les entends émerger, cliqueter, grouiller ; la foule des décapodes protège la Pointe des envahisseurs nautiques.

La propriété des Bartherotte se situe entre le camp retranché et le jardin d'Éden.

Cinq hectares de sable planté d'immortelles et de pins, de filiféras des Canaries, d'oyats, de yuccas, bambous, cannes, figuiers, vignes, tamaris et « griffes de sorcières » rapportées des Baléares, qui ressemblent à des bananes pas mûres.

L'ambiance est à mi-chemin entre la Manson Family et La Petite Maison dans la prairie.

Avec ses filles pieds nus aux cheveux longs qui donnent le sein à leur bébé, un poulailler, des lapins, des faisans et des renards, une caravane en acier chromé au milieu d'une pinède et des Jeep de l'armée américaine sur une langue de sable d'un kilomètre, semée de quatre cabanes en bois où vit la tribu, une sorte de secte de luxe, qui aurait remplacé LSD, suicide collectif et partouzes en toges par la défense du littoral, le folk-rock lo-fi, la location de terrasses pour des mariages, la construction de cabanes en pin des Landes et la peinture de léopards sur tee-shirts en coton recyclé.

Rien à voir avec le portrait épouvantablement aguicheur que les riverains jaloux m'en avaient brossé : des fascistes, des brutes, des snobs ayant attiré la jet-set sur le cap…

Les Bartherotte sont bien plus dangereux : ce sont des aristocrates antibourgeois.

Depuis que sa barbe a blanchi, Benoît ressemble à Ernest Hemingway en calbute.

Pour lui, protéger le passé est sacré, mais il faut vivre, vivre au maximum, dans l'esthétisme maniaque – il me défend de marcher sur une partie de sa dune pour pouvoir contempler sa colline de sable sans traces de pas –, et toujours cumuler l'insolence et l'indolence.

Benoît est tellement sauvage que le confinement ne change strictement rien à sa vie.

Le reste du monde peut s'arrêter, il ne modifie en rien son emploi du temps.

Construction de cabanes, remblaiement de sa digue, déjeuner avec des amis, dîner chez le Père Ouvrard.

Benoît se fâche souvent.

Il trouve toujours une bonne raison.

Je ne sais pas si l'expression « soupe au lait » lui correspond mais, en tout cas, je l'ai vu souvent déborder.

Parfois c'est un détail vestimentaire, une citation erronée, une erreur de date qui gâche tout.

Benoît n'est pas atrabilaire mais intransigeant.

Il préfère dire aux cons qu'ils le sont plutôt que de composer avec les fâcheux.

Cette philosophie de vie me semble cohérente avec son autonomisme hédoniste.

Il fallait vraiment être voyant pour deviner en 1985 que toute la France serait survivaliste en 2025.

S'il accueille quelqu'un chez lui, sur le fameux fauteuil Louis XV peint par Gorostarzu, l'invité n'a pas le droit de le décevoir.

Au bout de deux ou trois conneries prononcées, il sera congédié poliment ou morigéné d'importance.

S'il insiste, il sera raccompagné par l'oreille à l'entrée du domaine, là où une cafétéria propose des moules frites à 17 euros.

Bartherotte, ancien styliste chez Jacques Esterel – la marque de la robe Vichy de Bardot – a vendu la société pour s'installer définitivement à la Pointe en 1985.

Les bureaux de Jacques Esterel étaient situés dans l'hôtel particulier en face de l'hôtel Bristol.

Il s'y rendait en Rolls-Royce avec chauffeur, de sa maison de Croissy-sur-Seine.

En 1985, il a tout vendu pour emménager dans une cabane à la Pointe.

Un de ses titres de gloire est d'avoir gagné un procès en contrefaçon contre Yves Saint Laurent qui avait plagié ses petits marquis, transformés en toréadors.

Benoît me fait penser à un personnage de film des années 1970, entre Yves Montand dans *Le Sauvage* et Philippe Noiret dans *Alexandre le bienheureux*.

Quant à la Pointe, elle m'évoque le « pays imaginaire » de Peter Pan, celui où l'on ne grandit jamais.

Pour choisir le nom de son héros, James Matthew Barrie a repris celui du dieu Pan, divinité grecque de la nature, protecteur des bergers, chimère mi-homme, mi-bouc… le padre, quoi.

En anglais, le pays imaginaire se nomme « Neverland », dont la traduction littérale pourrait être le « Jamais-Pays ».

Le pays impossible.

Un pays qui n'existe pas… ou un lieu qui ne devrait pas exister.

Par exemple, un terrain qui aurait dû être englouti sous la mer.

« Jamais-Pays » est tout simplement un endroit où le temps ne passe pas et où la vie est éternelle.

« Neverland » a probablement inspiré le beau titre d'André Dhôtel : *Le Pays où l'on n'arrive jamais* (1955).

Le syndrome de Peter Pan consiste pour un homme adulte à se comporter en petit garçon éternel.

Selon les psychanalystes, les hommes adultes se prenant pour des gamins sont souvent des enfants dont le père était absent et qui ont été contraints de se comporter en adultes dans leur enfance.

Pour simplifier : le garçon a été adulte trop tôt, alors l'adulte veut rester enfant.

La version hard de ce syndrome est Michael Jackson, qui a fait construire un parc d'attractions baptisé « Neverland » dans sa propriété.

La version soft, c'est l'« enfulte » : par exemple, un quinquagénaire qui ne pense qu'à sortir, danser, rigoler et boire sans assumer ses responsabilités, tout cela pour oublier sa finitude inévitable.

Nice to meet you too.

Vivre barricadé à l'extrémité d'une langue de sable, militairement c'est comme subir un siège au fond d'une impasse : le combat est perdu d'avance.

Benoît croit peut-être consolider sa lande originelle alors que sa propriété s'apparente à un camp de réfugiés politiques acculés au bout d'une presqu'île.

Je dépéris.

Je suis malade du diabète et mon pouce s'est infecté.

J'aime ce qui est doré sauf quand c'est un staphylocoque.

C'est à la fois hideux, douloureux, dangereux et ridicule.

Je prends des antibiotiques qui me donnent mal au ventre.

Je suis au bout du rouleau du matin au soir.

Je ne suis heureux qu'au moment d'avaler mon somnifère car je sais que je ne vais pas avoir à souffrir pendant sept heures.

C'est mon moment préféré de la journée : quand je sombre dans une léthargie artificielle.

Je n'ai même plus d'appétit avec ces médicaments qui me donnent la nausée.

Je vais tellement maigrir que Lara ne me reconnaîtra pas, si elle accepte de me revoir.

Je suis bien trop vieux pour cette chose épuisante nommée la vie.

Le seul intérêt de vivre sans toi et les enfants est de me rendre compte que la vie sans toi et les enfants n'a aucun intérêt.

Mon père est malade de Parkinson, il souffre d'apnées du sommeil, avec des genoux en titane.

On l'entend arriver de loin avec son souffle épuisé.

La vie de playboy finit seul, courbé et ruiné.

Tout se mélange dans mon crâne…

Nous habitions rue de Bièvre, Charles et papa au 12, moi au 10, François Mitterrand au 22.

Anne-Catherine, la fille d'un vieil ami du président, s'était amourachée de mon père.

Elle habitait le même immeuble que « Tonton ».

Ce qui fait que nous étions conviés, à dix-huit et dix-neuf ans, pour bruncher chez le président de la République en exercice, certains dimanches de 1984.

Je me souviens qu'il y avait un petit ascenseur avec une banquette couverte de livres dédicacés à « Monsieur le Président de la République, avec l'expression de mon profond respect et de mon admiration infinie », ce genre de flagorneries.

Un jour que nous brunchions chez Anne-Catherine, un vieux monsieur entra dans la cuisine en disant « ne bougez surtout pas, je ne fais que passer ».

C'était François Mitterrand, le vrai : il paraissait bien plus âgé qu'à la télé.

Le dimanche, à cette époque, il me semble que tout le monde « brunchait », tous les week-ends, alors qu'aujourd'hui les gens restent chez eux.

Mon père expliqua alors à François Mitterrand le sens du mot « brunch ».

— Il s'agit de la contraction de « breakfast » et « lunch », ce qui donne : « brunch ».

Le président fronça les sourcils comme quand il répondait à François-Henri de Virieu dans « L'Heure de vérité » sur Antenne 2.

Mon père poursuivit : « Ce qui signifie "petit-déjeuner-déjeuner". »

Et Mitterrand hocha la tête comme s'il écoutait attentivement le Dalaï-Lama.

— Ah, voui, voui « petit-déjeuner-déjeuner »… en français c'est un peu redondant… « brunch » est plus simple, c'est dommage qu'il n'existe pas de mot français…

Pierre, le chauffeur et garde du corps de Mitterrand, me reconnaissait et me disait bonjour quand je passais dans la rue.

J'avais mes entrées au sommet de l'État.

À vingt ans, j'étais un intime du président de la République française.

Sa maison était très peu sécurisée ; aujourd'hui la rue serait barrée par des herses, des barbelés, des camions blindés, des snipers à lunettes infrarouges sur les toits ; à l'époque, je la traversais en sifflotant.

Mitterrand et papa avaient des amis communs : les Burguburu, Danièle et Jean-Marie, qui habitaient le même immeuble que nous, rue de Bièvre.

Je commençais à écrire dans *Globe*.

C'est à cette époque-là que j'ai rencontré la bande de Georges-Marc Benamou : BHL, Jean-Paul Enthoven, Gilles Hertzog, Pierre Bergé, fréquenté les boxes du Twickenham rue des Saints-Pères, les dîners à l'Assiette rue du Château « chez Lulu », ou chez Claude Sainlouis rue du Dragon…

C'est fou quand j'y pense : j'avais vingt ans et j'assistais à des réunions de rédaction bordéliques rue des Pyramides, en compagnie de Marek Halter et sa barbe carrée, de Franck Maubert qui trouva le titre de ma rubrique mondaine « Tapage nocturne », de Guy Konopnicki qui postillonnait contre les antisémites, d'Ariel Wizman hilarant ludion en costard trois pièces rouge vif, de Benoît Rayski le dépressif érudit et hirsute, de Morgan Sportès qui vociférait contre la médiocrité de ce monde, de Laurent Dispot le gay qui voyait des homophobes partout, de Gérard Miller le psychanalyste antifasciste, de Jean-François Kervéan qui ressemblait au Grand Duduche de Cabu, de Gilles Hertzog qui était toujours prêt à partir sauver le Bangladesh, de Brice Couturier qui venait de publier *Une scène-jeunesse* (le premier essai sur la branchitude), de Patrice Bollon qui la théorisa plus tard dans *Morale du masque*…

C'étaient des intellectuels de gauche noceurs, curieux, festifs, branchés, habitués des Bains, de Castel et du Palace.

Nous produisions un magazine à la mode, qui critiquait l'extrême droite plutôt que le pouvoir socialiste (lequel nous finançait).

Globe a fait réélire François Mitterrand en 1988 puis le journal s'est arrêté, ne servant plus à rien.

La bande de la gauche caviar me prenait pour ce que j'étais : un fils à papa déconneur et un arriviste vaguement littéraire ; je sentais que mes origines bourgeoises et mon réseau de noctambules facétieux les agaçaient autant qu'ils les fascinaient : j'incarnais la jeunesse dorée parisienne qu'ils n'avaient peut-être pas connue.

J'ai débuté comme chroniqueur de gauche publié par un éditeur de droite.

Je finis feuilletoniste de droite s'exprimant sur une radio de gauche.

Ce que j'ai le mieux réussi, c'est à ne jamais être à ma place.

Je ne supporte pas que l'on me somme de choisir un camp.

En moi cohabitent un révolté et un cynique.

Le gauchiste engueule le bourgeois, le nihiliste se moque du progressiste.

Mon cerveau abrite un perpétuel dialogue de sourds, pendant que fondent les pôles.

Le bilan de *Globe* n'est pas négligeable : en agitant la menace fasciste, nous avons permis à la social-démocratie de rester éternellement au pouvoir… jusqu'à maintenant.

Ce chantage a continué de fonctionner à toutes les élections suivantes : 1995, 2002, 2007, 2012, 2017…

… et pour 2022, on verra.

Telle fut ma contribution à l'histoire de la France : mon pays a été effrayé par les communistes de 1945 à 1981, puis par la famille Le Pen jusqu'à maintenant.

Aujourd'hui un renard a mangé tout un camembert avec Marguerite Bartherotte dans le rôle du corbeau (elle a filmé le festin avec son téléphone).

La nuit, le clapotis me berce comme si je somnolais sur la lagune, et je m'endors comme un Gustav von Aschenbach bordelais.

La pointe du Cap Ferret n'est pas une digue mais une dague qui fend les flots.

Tous les experts affirment que l'érosion, les courants violents, la montée des eaux conduiront inéluctablement à la disparition de ce paradis terrestre.

Benoît redoute cet événement chaque nuit mais il ne le dit pas, ou alors très tard.

— Oh putain ! T'imagines la terre qui s'ouvre ? Et tout qui disparaît en silence, d'un seul coup !

Le 27 décembre 2000, malgré sa digue pharaonique, cent mètres de côte se sont effondrés.

— Il y avait du monde chez nous entre Noël et le nouvel an : trente-sept personnes qui dormaient.

— Trois mille mètres carrés sont tombés vers minuit et quart.

— La lune était très belle, le ciel clair, on y voyait très loin.

— C'était par une grande marée basse, quand la lune est proche de la terre, elle attire l'eau.

— La mer était plate comme de l'huile.

— Les étoiles se reflétaient fixement dans l'eau comme si je pouvais voir l'autre côté du monde, l'hémisphère Sud en transparence.

— Pas un souffle d'air et soudain j'entends « ploc ploc ».

— Je sors de la maison alors que j'étais déjà couché, chose que je ne fais jamais, surtout lorsqu'il fait froid.

— Je marche vers le bord ; le bassin est lisse comme une patinoire.

— Oh putain !

— Une fente noire s'ouvre à cinq mètres devant moi.

— Une raie noire dans le sol et tout descend vers le bas.

— La terre tombe verticalement, rien à voir avec un glissement de terrain : quarante mètres se transforment en trou, avec la pointe des pins qui sortent de l'eau comme des petits bérets verts.

Zaza ajoute : « Mon potager d'asperges est parti aussi. »

— Des pins de dix-huit mètres qui disparaissent en une seconde dans la mer, sans aucun bruit !

En 2000, des millions de mètres cubes de terre ont été aspirés dans l'océan.

Benoît a tout vu, il était réveillé.

Il a contemplé sa terre fondre dans la mer, une crevasse nourrir les crevettes.

Le silence des aiguilles de pin qui fondent sous l'eau.

La paix des arbres sous l'océan.

Marcher sur une falaise de sable, vivre au bord d'un cratère nocturne, sous une lune phosphorescente, avec des sapins géants en guise d'algues brumeuses et les cocons de chenilles processionnaires qui flottent comme des méduses.

Il a reconstruit.

Le trou est devenu une crique artificielle où ses filles et leurs copines font bronzer leurs seins naturels.

L'État, les préfets successifs, les maires sont tous au courant de la catastrophe imminente mais ne font rien.

Un jour toutes les belles terrasses en chêne massif sombreront dans la mer dans un silence absolu.

Cela ne se passe pas au ralenti.

C'est immédiat, instantané, comme du café soluble dissous dans l'Atlantique.

La seconde d'avant, vous aviez un terrain, une maison en photo dans *Condé Nast Traveler*, une vie de luxe, tout le confort contemporain avec un alibi d'aventure pour faire celui qui se moque du confort.

La seconde d'après il n'y a plus rien : un trou d'eau tourbillonnant a tout avalé.

Même le World Trade Center on a pu le reconstruire ; la pointe du Cap Ferret ne se reconstruira jamais.

C'est le problème avec l'érosion : la terre devient définitivement de la mer.

Comment on explique cela à des notaires bordelais et des propriétaires fonciers ?

Imaginez la tête de Xavier Niel quand il lira ceci (il vient d'acheter une cabane à 17 millions d'euros, toute proche de la Pointe).

Le gouvernement réfléchit à une « indemnité de délocalisation ».

Ils veulent convaincre les nantis de déménager ailleurs contre des clopinettes.

Cela ne se passera jamais, personne ne s'en ira.

Ils comptent sur la folie d'un rêveur qui balance des rochers dans l'eau pour défendre la Pointe.

Des milliers de camions déversés dans son Atlantide.

Entre trente et soixante camions par jour pendant des années.

Soixante camions déversant vingt-cinq tonnes chaque jour, cela ressemble à un problème de mathématiques pour classe de CM2 mais en tout cas ça représente… au total… beaucoup de tonnes.

Une immense muraille de pierres.

Le plus grand ouvrage d'art privé en Europe : quatre cent cinquante mètres de longueur, cent mètres de largeur à la base.

Une centaine de maisons de millionnaires des « 44 hectares » dépendent de sa digue absurde qui est aussi une « utopie tyrannique », comme dit le peintre Jules de Balincourt.

Un kilomètre de terre devrait déjà être sous la mer.

Comme à Rotterdam, Benoît se bat contre les éléments parce que la mer monte.

Il déteste qu'on dise qu'il se bat.

« J'accompagne la nature, je la caresse, tout doux, tout doux… Il ne faut surtout pas la fâcher, c'est une amie », marmonne-t-il en caressant la poutre de pin qui soutient son toit.

Trois cent soixante millions de mètres cubes d'eau de mer transitent par ici deux fois par jour.

Un jour, les « 44 » deviendront « 22 » qui deviendront « 11 » qui deviendront zéro.

À La Faute-sur-Mer en 2010, l'inondation a fait vingt-neuf morts : un ou deux mètres d'eau sont entrés dans les maisons de pauvres gens.

Au Cap Ferret, c'est trois cent soixante millions de mètres cubes d'eau qui arriveront dans des bicoques de milliardaires déguisés en rock stars avec leurs baskets New Balance gris clair, copiées sur celles de Leonardo DiCaprio.

La digue Bartherotte fonctionne dans les deux sens : elle protège de la submersion les parties basses (et cependant urbanisées) de la Pointe et protège aussi le Pyla des assauts de l'Atlantique.

Sans la consolidation du bout du Ferret, le Pyla serait érodé par les vagues comme à Lacanau, Biscarosse ou Bidart.

Et savez-vous pourquoi la mer monte ?

Parce que vous expulsez trop de CO_2.

Vous mangez des produits qui viennent de trop loin en avion.

Vous conduisez trop de voitures à pétrole.

Vous aimez l'huile de palme donc la déforestation donc l'absence d'oxygène donc la température des eaux qui monte donc le niveau qui monte aussi.

Le supplice chinois de la goutte d'eau use tout ce qui est solide.

Et comme l'air se réchauffe, il y a davantage d'eau qui s'évapore, les nuages enflent, se gorgent d'évaporation, et donc les orages sont plus violents, et les tempêtes françaises deviennent des ouragans.

Benoît loue sa cabane pour des mariages.

Il vend son sable au prince Albert de Monaco.

Il loue ses maisons à des célébrités.

Il organise des concerts sur sa terrasse.

Il se démène pour payer les tonnes de roches qu'il jette dans la mer afin de protéger sa terre-la-plus-belle-de-France, ses plages et ses enfants, ses cabanes en pin et sa famille d'aristocrates va-nu-pieds.

Benoît c'est Don Quichotte qui remplacerait les moulins à vent par les rouleaux de l'Atlantique.

Benoît c'est la mère de Marguerite Duras qui voulait cultiver une rizière en dessous du niveau de la mer, dans la plaine marécageuse de Prey-Nop, au Cambodge.

C'est un démiurge, un pharaon.

Une grande part de chance ou d'inconscience a contribué à la réussite de cette protection.

Victor Hugo avait trouvé un nom pour ce genre de gars : les hommes-océans, des « aigles dans l'écume », qui ont besoin d'être en plein naufrage pour atteindre la grâce.

C'est peut-être ce que mon inconscient recherchait en me dictant d'entrer dans le tableau de Gorostarzu : un combat.

« Mieux vaut guerre cruelle qu'ennui mortel », répète souvent Benoît.

La puissance de l'homme capable de dompter la nature (rêve des années 1950) est devenue ensuite la culpabilité de l'homme responsable de la destruction de la nature (dystopie des années 1970) et bientôt la disparition de l'homme exterminé par la nature (réalité des années 2020).

En d'autres termes les hommes qui résistent à la nature, qui la corrigent, par exemple les agriculteurs biologiques qui fertilisent la terre, doivent être considérés comme les derniers résistants.

Benoît résiste aux forces de la nature.

OK on a tout salopé mais maintenant que faire d'autre que se battre pour survivre ?

On n'a pas d'autre choix : soit le suicide, soit la survie en milieu hostile.

L'histoire de Benoît est la nôtre.

Nous avons voulu dominer la nature et jusqu'ici les barrières artificielles ont tenu.

Un jour tout va s'écrouler, pourtant chaque matin nous nous réveillons étonnés : la dune est toujours là.

Chaque matin est une victoire provisoire.

Chaque nuit nous affrontons notre destin.

Et au réveil nous nous étonnons d'avoir toujours les pieds sur la terre ferme.

L'antinature est le combat du XXIe siècle. Ce que personne n'ose dire (parce que c'est trop horrible), c'est que la nature a cessé d'accepter l'homme.

Le Covid-Nineteen est un avant-goût.

Le moment de la Disparition humaine est arrivé.

Nous devons nous préparer à l'affrontement final mais nous ne sommes pas prêts.

Nous allons devoir nous battre contre notre cadre de vie.

Ferons-nous le poids contre un Dieu qui n'est plus Amour ?

L'humanité avait tout imaginé sauf cette étape : la Décréation.

J'ai posé la question à Benoît : qu'allons-nous devenir ?

Un voile est passé sur ses yeux et j'ai su que même lui ne le savait pas.

Son nom signifie « les sables rouges », le mien « belle vue » : notre amitié possède une complémentarité onomastique.

Les gens aiment Benoît ou le détestent.

Il terrorise, il agace, il frime, il snobe, il fanfaronne, il brille.

L'hiver en K-way et Stan Smith, l'été en calbar torse nu.

Il est cultivé, généreux, réac, violent, tendre, imprévisible.

Il a soutenu puis combattu Bernard Tapie.

Il a défendu Bernard Laroche, l'homme accusé d'avoir tué le petit Grégory.

Il ponctue ses phrases d'un « hein ? » qui n'appelle pas de réponse.

Il est la mémoire de cette région mais il est mythomane, mégalomane, insupportable, susceptible, paranoïaque.

C'est aussi le père de sept enfants fabuleux, beaux et artistes : Hadrien et Martin sont architectes de cabanes en pin, Antonin un musicien surfer, auteur compositeur et barde moustachu à guitare mouillée, Marguerite une sauvageonne styliste brune qui a créé la marque de fringues G-Kero avec Philippe, l'écrivain de la fratrie, qui a publié un récit anti-téléréalité, Marion est une aquarelliste à tendance surfeuse et Marie dirige le centre hippique du Cap Ferret.

Il a douze petits-enfants ; ce sont douze raisons d'endiguer l'Atlantique.

Benoît est marié à Zaza depuis si longtemps qu'ils en sont devenus un modèle de couple, à défaut de couple modèle.

Lorsqu'ils se sont rencontrés, Benoît aurait dit à Zaza qu'il était trop jeune et ne pourrait pas lui rester fidèle toute sa vie.

Zaza aurait alors prononcé cette phrase mythologique : « Tu seras mon Ulysse et je serai ta Pénélope. »

À chaque fois qu'il raconte cette histoire, Benoît ajoute : « Oh putain ! » tandis que Zaza lève les yeux au ciel.

Ce qui m'apparaît clairement, à moi, c'est que Benoît est un Ulysse qui n'a pas ressenti le besoin de quitter Pénélope.

La guerre de Troie n'a pas eu lieu car la guerre est chez lui, dans son Ithaque, où il affronte le dieu Neptune.

La vie d'Ulysse Crusoé n'a pas dû être glamour tous les jours.

Je me doute que mon portrait est trop idyllique pour être vrai.

Benoît a tout du tyran domestique, plus à l'aise dans ses utopies à base de pelleteuses mécaniques que dans la vie quotidienne familiale.

Il ne m'appartient pas de raconter ici la vie des enfants Bartherotte, Philippe le fera bien assez tôt et mieux.

Je ne peux dire que ceci : l'enfer c'est de naître au paradis.

Comment échapper à cet éden ?

Où aller, vers quel but ?

Comment exister avec un père aussi exubérant ?

Comment trouver sa propre voie quand tout est moins beau, moins libre, moins grandiose et moins fou que cette sablonneuse utopie ?

La plupart des humains ont la chance de détester l'endroit où ils sont nés : cela forge leur destinée.

Mais que faire quand on naît dans le rêve d'un fou ?

C'est exactement ce que je fais ici : je suis le coucou de ce nid, le bernard-l'ermite de ce cabanon – je squatte le délire de Bartherotte.

Sur la Pointe, Benoît a planté trente palmiers rapportés de la Côte d'Azur qui apportent à son lopin de sable une touche d'exotisme, et trente pins parasols ayant appartenu à Jean-Baptiste Doumeng, le milliardaire communiste qui l'a enrichi en lui cédant pour un franc symbolique ses parts dans la société Jacques Esterel.

Benoît va détester ce livre et ne me parlera plus jamais, m'attaquera devant les tribunaux pour atteinte à sa vie privée et je perdrai le procès.

Peu importe : il est le personnage idéal d'un roman français.

Il reçoit des menaces de mort tous les jours sur son téléphone portable.

Il excite la jalousie des touristes et la colère des promeneurs auxquels il interdit de franchir sa plage privée.

Les Bartherotte sont comme la tribu des Sentinelles dans les îles Andaman qui envoient des flèches empoisonnées à tous les visiteurs.

Les passants pointilleux sont convaincus que Benoît s'est approprié un terrain public.

Ils ne savent pas qu'ils tombent sur un procédurier encore plus tatillon qu'eux… un aliéné en son asile !

Juridiquement, Benoît bénéficie d'un décret d'aliénation du domaine public signé par le président Raymond Poincaré en 1917.

Persuadé que ce terrain serait vite sous l'eau, la France en a cédé la propriété aux occupants, qui sont donc des « aliénés » dans tous les sens du terme.

Quand il tonne contre les randonneurs, je creuse un trou dans le sable avec mes deux mains pour me cacher la tête dans la plage comme une autruche, tellement je ne sais plus où me foutre.

Cette région est brutale.

C'est un lieu de chasse : les oiseaux et le gibier qui descendent du nord se retrouvent coincés au bout du cap.

Il n'y a plus qu'à tendre des filets pour capturer les palombes épuisées.

Le Cap Ferret est un piège tendu à toutes les espèces vivantes.

Quand tu arrives au bout, tu ne repars pas.

Quand il a racheté ce terrain, c'était une décharge publique, un « bourrier », avec des vieilles bagnoles et des matelas crevés.

Les baraques de la Pointe se vendaient 40 000 francs car elles n'avaient qu'une espérance de vie de trois mois.

Benoît me raconte les bagarres atroces de son enfance au ferret.

Un jour il est capturé par une bande ennemie, déshabillé, pendu par la taille au-dessus d'un étang et battu avec des ronces durant des heures.

Il parvient à se libérer, il est couvert de sang, son corps nu est lacéré.

Il saisit une planche avec des clous et rattrape un des enfants qui l'a massacré en lui plantant un clou dans le bras.

Ces jeux font ressembler mes batailles de marrons du 6e arrondissement à de gentilles papouilles entre Bisounours.

Le bon sauvage de Rousseau est en réalité plus proche de *Délivrance* de Boorman ou *Sa Majesté des mouches* de Golding.

Au Ferret, l'âge de pierre n'est pas si loin.

Œil pour œil dent pour dent n'est pas une image poétique mais une réalité physique.

Certaines terres se défendent à la machette.

La gentrification du Cap Ferret ne doit pas faire oublier les traditions préhistoriques de cette zone de chasse et de pêche.

Les villages du Ferret ressemblent tous au Far West de Lucky Luke : ils se nomment Le Canon, Le Four…

Une rue centrale avec des saloons en bois des deux côtés.

Des bagarres et du hard rock, des duels et des alcooliques, des squaws et des scalps.

Les maisons semblent des façades de décor de cinéma prêtes à être démontées demain matin.

Des palissades cachent des lopins de terre où des familles de colons sont venues s'installer en espérant que les Peaux-Rouges ne viendraient pas violer leurs fillettes.

Si cet endroit est OK Corral, alors Benoît est le lieutenant Blueberry dans sa bassine en bois, et Zaza joue le rôle de Chihuahua Pearl, la blonde qui l'embrasse avant de le balancer aux Mexicains.

Avant que Benoît ne commence sa digue, la Pointe reculait de quarante mètres par an, de 1973 à 1980 (sept cents mètres de perdus entre 1973 et 1985).

« Tu dois être con comme un rocher, comme un caillou. La mer finit toujours par s'ouvrir dessus », a dit Jean-Baptiste Doumeng à Benoît Bartherotte.

Un jour tout retombera en poussière dans la marée descendante.

La Pointe sera noyée.

Des milliards d'euros seront engloutis en une minute dans les vagues sous la lune et tout ce qui dépassera de l'eau, c'est le phare rouge et blanc, seul immeuble vertical de la presqu'île plate, qui s'apparente à une bitte d'amarrage géante.

Benoît me rappelle aussi le lieutenant Drogo du *Désert des Tartares*.

Il inspecte son fort maritime en attendant l'invasion finale.

Il regarde l'horizon : tiens, ce n'est pas encore pour ce soir.

Buvons pour fêter cela.

Il répète cette antienne : « Nous tiendrons le cap. »

« Il y a des forces en moi qui me dépassent et je les confronte à la force des choses. »

Il cite aussi Lénine : « Il n'est de véritable révolutionnaire qui ne soit avant tout un authentique conservateur. »

Cet être humain au bord du vide, c'est vous.

Et si vous ne le savez pas, vous n'avez rien compris à la condition humaine au XXIe siècle.

En 2018, Pascal Thomas a tourné un film au Cap Ferret, intitulé *À cause des filles*.

J'y interprétais le rôle d'un homme qui part en courant de son propre mariage, quittant la belle brune qu'il vient d'épouser pour une autre belle brune dans un cabriolet.

La scène a été tournée dans l'église de Lège-Cap-Ferret et le curé qui me mariait avec Victoria Olloqui était interprété par Benoît Bartherotte.

Quelques semaines plus tard, je portais le même costume blanc, dans la même église, au vrai mariage de Laura Smet avec Raphaël Lancrey.

L'affreuse église moderne du Cap Ferret a pour unique qualité sa vue directe sur le bassin.

Un groupe de rock chantait sa chanson préférée : « Hallelujah » de Jeff Buckley (reprise d'un morceau de Leonard Cohen).

Hallelujah signifie « Loué soit le Seigneur » en hébreu.

Quand elle est entrée sur l'Ave Maria de Schubert, j'avais plutôt envie de crier « Hosanna » : « bienvenue » à ta joie, Laura – elle rayonnait tellement que j'étais au bord de la prêtrise.

Jeff Buckley s'est noyé dans le Mississippi en 1997.

Lara m'avait rejoint au mariage de Laura.

L'invitation indiquait « tenue hippie chic ».

Nous étions les seuls invités déguisés : sur mon costume blanc de chez Lanvin, j'avais ajouté un collier de fleurs et des lunettes rondes imitant celles de John Lennon.

Lara portait une robe rouge vif terriblement excitante.

Laura marchait en robe longue et blanche, très sage devant et très décolletée derrière.

Toujours ce refus de choisir entre la rock'n'roll attitude paternelle et le boboïsme maternel.

Impression que l'univers fut idéalement réorganisé en ce jour anniversaire de la mort de son père.

Aujourd'hui elle a acheté une cabane à quelques centaines de mètres de chez Benoît, avec l'héritage que sa belle-mère n'a pas réussi à lui chiper.

Elle a un fils, Léo, qui a hérité de ses yeux géants, sourit tout le temps et dort bien la nuit.

Le bonheur est une conquête de chaque instant ; on ne peut jamais se reposer sur ses fleurs dans les cheveux ; c'est une lutte à mains nues.

J'ai pleuré encore une fois ce jour-là mais c'était de joie, en contemplant Laura regarder son mari Raphaël, avec ses yeux de louve, toujours le regard par-dessous, droit dans le cerveau, le visage baissé, déterminée à être plus turquoise que le ciel et la mer, l'horizon qui s'étendait derrière eux deux qui se tenaient debout, victorieux, avec leur silhouette découpée à contre-jour sur le bleu éternel.

Laura avait invité Lolita Pille et nous a placés à la même table.

Elle est venue nous embrasser en s'écriant : « Haha je suis bien contente que vous soyez là, mes petits diablotins. »

J'étais heureux qu'elle soit heureuse… mais cela faisait longtemps que nous n'étions plus des diablotins.

Loué soit le Seigneur.

Tout un folklore d'anecdotes hautes en couleur sur la famille Bartherotte fait systématiquement le tour de la presqu'île.

Bartherotte a fini par incarner un personnage éminemment romanesque de maire officieux ou de parrain de la Pointe, à la fois excentrique et spécialiste incontesté de l'histoire du bassin d'Arcachon.

Au Cap Ferret, tout projet doit obtenir son aval, sous peine de brouilles interminables et de tracasseries juridiques.

Attention : si vous lancez Benoît sur le sujet de la digue qui occupe toute sa vie, munissez-vous d'un enregistreur avec une carte mémoire puissante car vous en avez pour quelques heures, qui deviendront des nuits arrosées.

Benoît a un numéro très au point de conteur de ses aventures de sauveur de la pointe du Ferret.

En admettant qu'il enjolive la réalité, je vous rappelle la phrase de *L'Homme qui tua Liberty Valance* : « On est dans l'Ouest, ici. Quand la légende dépasse la réalité, alors on publie la légende. »

Ce qui m'intéresse, en tant que romancier, c'est la légende, parce que la réalité m'ennuie et m'épuise.

La réalité c'est commander un verre de vin au restaurant alors que la légende c'est finir le magnum de pétrus au goulot sans le payer.

La réalité est pour les journalistes, la vérité pour les romanciers.

Cela procure un curieux sentiment d'instabilité de dormir sur un banc de sable dont les limites ne sont pas fixes.

La Pointe est un lieu dont la carte est impossible à dessiner car ses frontières changent toutes les nuits.

Un pays mobile, une terre changeante, maintiennent l'homme dans sa véritable condition : l'infériorité.

Ah comme je hais la distanciation !

Je veux être serré.

Mon idéal de confort est la mêlée de rugby.

LIVRE 4

Échec à la solitude

« La mer aux cheveux bleus (...) j'ai rêvé d'être assez grand pour fonder et former à moi tout seul une république – j'ai rêvé d'un lit qui flotterait sur l'eau et plus vulgairement de dormir sur des tigres. »

Arthur CRAVAN, « Notes », 1917

« Mourir, oui, mais mourir le nez dans le cou de quelqu'un pendant que la terre saute... »

Françoise SAGAN,
Des bleus à l'âme, 1972

L'aube est fragile, les nuages purs et le soleil bleu. Quelques battements de cœur suffisent pour que le jaune remplace le rose. Les pins s'enflamment, la brume s'enfuit : c'est déjà la fin de l'aurore. Le musoir est fleuri d'héliotropes sauvages et de chardons bleus, accrochés à la grève tapissée de gourbets. La presqu'île est battue par la pluie, et le paysage s'efface comme le télécran de la marque Joustra, ce jouet où l'on dessinait en tournant deux boutons, qu'il suffisait de renverser et secouer pour faire disparaître l'image dans du sable. Ô Seigneur, fais pleuvoir les phrases comme les gouttes du ciel. Les fougères penchées par le vent ressemblent à ces plumes géantes qui cachent les seins des danseuses sur la scène du Lido, mais elles ont été replantées là, loin des Champs-Élysées, comme des starlettes à la retraite. Les filles du Cap Ferret ont les dents blanches telles les dragées de leur futur mariage. La glycine entoure ma cabane comme les pampres du thyrse baudelairien. Au matin, la mer enfile sa robe pailletée, couleur de soleil, et les rares nuages avancent vers moi en flocons de barbe à papa, filaments de sucre en lévitation dans l'air bleu. Dans *Nœuds de vie*, Gracq compare la vision de la mer au travers des pins à « la fente étroite du regard sous des paupières abaissées » : les yeux mi-clos, j'essaie de confondre mon regard avec une pinède brumeuse. J'ai probablement l'air d'imiter Clint Eastwood dans le duel final de *Le Bon, la Brute et le Truand*, alors que je ne suis qu'un cuistre en train de vérifier la validité d'une métaphore. Les feuilles mortes des platanes évoquent un tas de paumes humaines empilées dans le jardin, tournées vers le ciel – des mains de prêtres au moment de la communion. Les vagues font vibrer le sol à la manière d'un troupeau de bisons attaquant la dune au crépuscule, broutant le sable sous mes pieds. Les soirs de tempête, il y a plus de bruit ici que dans un aéroport… aux heures de Pointe. Les milans profitent du vent pour planer sans battre des ailes : les inventeurs du parapente sont les oiseaux de proie. Les arbres sont aussi décoiffés que moi. Au soir tombé, l'occupation favorite de l'auteur esseulé consiste à s'allonger sur du sable tiède à l'aplomb des galaxies. Et le monde sent la nectarine blanche. Septembre est le plus beau mois du monde, et je ne dis pas cela parce que j'y suis né. Le soleil utilise les nuages pour projeter des ombres chinoises sur la dune en forme de chien, de poule et d'oiseau. L'automne fait rougir les plantes : quelle histoire salace leur a-t-il raconté ? Les taches sur le tronc des pins finissent par tomber au milieu de leurs aiguilles en un long strip-tease dont l'unique spectateur est un écureuil qui, lui, roussit toute l'année. L'automne sent l'orange pour encourager le soleil à s'attarder. L'orage s'annonce à grands coups de canons, les mêmes qu'à l'enterrement de Claude Lanzmann, aux Invalides. Le vent nettoie la route de ses feuilles mortes ; au Cap Ferret, le service public de la voirie se nomme tempête. Le ciel est jaune citron, puis il rouille sur place, avant de bleuir pour être enfin assorti aux volets de la cabane. Ma principale occupation consiste à croquer des amandes en surveillant la marée descendante. Le bois mouillé sent la résine. S'il faisait beau toute l'année, on ne saurait pas savourer le bonheur de vivre. La mer se vide comme une baignoire, avec les mêmes tourbillons et ce bruit de succion assourdissant qui semble vouloir aspirer le monde dans une bonde sous-marine. Un héron se pose sur la digue, puis s'envole : il n'a pas trouvé cette terre suffisamment hospitalière… ou respecte-t-il le panneau « Propriété privée » ? Quand les étoiles apparaissent entre les nuages qui s'écartent, j'ai l'impression de regarder le plafond du Planétarium du palais de la Découverte en 1976. Chaque vague qui échoue sur la plage met un certain temps à s'évaporer, avalée par le sable, avant que la suivante ne vienne effacer sa trace. Les crépuscules se suivent et ne se ressemblent jamais. Il faut marcher droit vers les vagues sans jamais ralentir pour ne pas perdre la face. Ne pas montrer sa peur des rouleaux géants, ni de l'eau à seize degrés. Continuer d'avancer vers le mur d'écume salée et soudain, plonger dans le bruit fracassant, et s'envoler, être un fétu de paille dans une machine à laver, finir essoré et écrasé sur le sable, noyé et fier, et se relever, avant de sortir comme si l'on ne venait pas du tambour d'un lavomatic. Le seul déchet que je tolère sur cette plage, c'est moi. Benoît : « Depuis quarante ans, chaque soir est unique. » Hier c'était un soir vermillon, ce soir un crépuscule mandarine. Dès qu'il pleut, chaque creux sur le chemin devient une piscine à gerris. Ici même les flaques d'eau étincellent, comme laquées. Le gerris est cet insecte à six pattes qui marche sur l'eau. C'était l'heure où les gerris vont boire. J'admire un gerris qui patine sur une flaque profonde. Fred Astaire n'aurait pas dansé plus légèrement. Voici l'heure où les insectes se mettent à striduler. Marcher sur l'eau : le seul homme qui y soit parvenu s'appelait Jésus-Christ. Des cormorans, assoiffés après avoir croqué des sardines, viennent se désaltérer dans les flaques. Je les espionne de ma baignoire extérieure, savonneuse et brûlante. Les aiguilles de pin enchevêtrées forment un tapis mou qui ne pique plus les pieds. La nuit iodée fabrique des perles dans les huîtres sous la baie. À ma gauche, une pinasse traverse le bassin calme en toussant. À ma droite, la rumeur de l'Atlantique recouvre les cris des oiseaux. Une pie pourchasse un écureuil qui a dû lui voler un œuf : j'ai envie d'applaudir ce remake de *L'Arroseur arrosé*. Un héron cendré gobe un poisson argenté avec le même snobisme que s'il avalait un diadème de chez Van Cleef & Arpels. Une aigrette blanche à pattes noires évoque un cygne monté sur des échasses. Une avocette aspire les mollusques qui traînent : heureusement pour moi, elle estime (à tort) que je n'en fais pas partie. Alors que les rave parties sont prohibées, un millier de bécasseaux organisent un congrès à marée basse avec quelques mouettes rieuses qui se foutent de leur gueule. Quand le goéland, qui fouille les poubelles à la recherche de mes arêtes de sole, pousse son cri exaspérant, on dirait que ce chiffonnier des mers se vante de recycler mes restes. Prenez un nightclubbeur, fermez les discothèques : vous obtiendrez un ornithologue. J'ai appris à reconnaître sittelles, pics-verts, mésanges, tournepierres ; les rouges-gorges, c'est plus facile. Je considère les oiseaux comme un message de Dieu ; je n'ai pas vraiment la foi mais ils m'encerclent, me frôlent de leurs ailes, se posent près de moi et me regardent en sifflant *comme s'ils cherchaient à me convaincre*. Bientôt un arc-en-ciel couronne la Pointe d'est en ouest comme si j'avais emménagé à l'intérieur d'un juke-box Wurlitzer des années 1950. Le soleil d'automne crée un mille-feuille de roses et de bleus superposés dans le ciel pastel du bout du monde. Benoît est le seul homme que je connaisse qui a créé son propre paradis artificiel. Sa digue est la plus haute d'Europe, se vante-t-il : « Quarante mètres ! Plus haute que les Hollandais ! » Il voulait sans doute rivaliser avec la dune d'en face. Puisqu'il n'y avait pas de falaise au Ferret, Benoît a décidé de créer la sienne : un Étretat sous-marin. La pluie à grosses gouttes espacées gifle les pommettes et mouille la barbe ainsi qu'un chien qui s'ébroue. Les cabanes ont fusionné avec les arbres et les vignes vierges comme dans les contes de fées où les branches entrent par les fenêtres, les troncs grandissent dans le salon et sortent par les toits. Habiter un organisme vivant est le fantasme de tout citadin… et son cauchemar aussi. La terre scintille le matin et sèche le soir. La première lumière est multicolore, ensuite le ciel s'uniformise, il choisit sa lueur et s'y tient, mais pendant toute l'aurore, il aura tergiversé entre le parme et le rose, comme mon grand-père, au moment de s'habiller, devant son placard de chemises. Mes enfants mangent toutes ces choses que je mangeais à leur âge et ne peux plus manger aujourd'hui : éclairs au chocolat, Dragibus,

Cornetto vanille, chouchous… « C'est quoi, ça ? » me demande ma fille de cinq ans, en désignant du doigt le capteur de glycémie collé sur mon bras. Je ne peux tout de même pas lui répondre que c'est ma mort en route. Le mot que j'emploie le plus souvent avec mes enfants est : « attention ». Attention tu vas te brûler la main, attention tu vas faire tomber ton petit frère, attention tu vas te casser le bras, oups, trop tard. Un dimanche soir, mon père avait dévalisé avec moi le magasin de magie de la rue des Carmes. J'adorais faire des tours de magie. À neuf ans, si l'on m'avait demandé quel métier je voulais faire plus tard, j'aurais répondu magicien. Je regardais l'émission de Gérard Majax : « Y'a un truc » sur Antenne 2 et j'apprenais à faire disparaître une pièce de un franc, à retrouver un as de pique et à cacher un œuf dans ma manche. Un soir, mon père nous a raccompagnés rue Monsieur le Prince. Il restait dans sa voiture et nous étions censés monter chez notre mère et ouvrir la fenêtre pour lui faire signe que nous étions bien arrivés. Je ne comprenais pas bien l'utilité de ce manège. S'il craignait qu'on se perde dans l'immeuble ou qu'on se fasse kidnapper dans la cour par un voisin pédophile, pourquoi ne nous accompagnait-il pas jusqu'à la porte du troisième étage ? Ce système présentait deux avantages : il lui évitait de se garer et de voir ma mère. Ce soir-là, avec tous nos cadeaux de magiciens, nous sommes rentrés dans l'appartement de maman et avons oublié de faire signe à la fenêtre à papa qui attendait en bas dans la rue. Avec Charles, nous étions bien trop occupés à déballer les coffrets de prestidigitation. Soudain nous avons vu notre père débarquer comme une furie dans l'appartement et reprendre tous ses cadeaux en hurlant : « Sales gosses ! Moi je peux attendre en bas, vous vous en foutez ! Je reprends les cadeaux ! Égoïstes ! Enfants gâtés ! » Je me souviens encore de notre crise de larmes. Je n'ai plus jamais fait de tour de magie. C'est, à ce jour, la seule fois où j'ai vu mon père s'énerver (avec celle où j'ai entaillé avec un couteau à pain le bar en bois de Verbier). C'est ce soir-là que Charles a dit à mon père cette phrase que je n'ai jamais oubliée : « Il faudrait que tu te souviennes que nous ne sommes que des enfants. » Je reproduis le paradoxe paternel : gâter mes enfants pour pouvoir les traiter d'enfants gâtés. Or voici que le soleil a déshabillé toutes les femmes de la crique. J'entends leurs cheveux caresser leurs épaules. Leur beauté est si douloureuse que j'en viens à souhaiter que le ciel se couvre de nuages pudiques. Le soleil se lève à gauche sur le bassin d'Arcachon et se couche à droite sur l'océan Atlantique, parce que c'est plus joli. Les cumulonimbus, ennemis du soleil depuis toujours, font le chemin exactement inverse, par esprit de contradiction, pour snober le sunset. Les filles sont ravissantes parce qu'elles n'ont aucun problème. Ce qui les embellit est la sérénité. Puisque le bonheur n'existe pas, on doit chercher la sécurité, se mettre à l'abri des canisses. Quand on y est déjà de naissance, on a un visage doux. Un siècle plus tôt, l'idéal était la conquête du monde. À présent le rêve français est de s'abriter comme une taupe, pour hiberner toute l'année. Une coccinelle se pose sur une glycine blanche, comme une goutte de sang. Depuis que je sais que les étoiles filantes sont peut-être une bagnole Tesla envoyée dans l'espace par Elon Musk, je ne fais plus de vœux. L'air est si pur que mes poumons semblent surpris : étaient-ils à ce point accros aux particules fines ? La rosée fait luire les pétales, comme si la nuit avait repeint les fleurs. L'air sent le sapin ; je vous dis adieu. Je mate les seins récemment formés des beautés diaphanes de la crique. Oui je mate des meufs qui pourraient être ma fille. Cela me rappelle la blague de Jean d'Ormesson sur les jeunes filles qui venaient lui faire dédicacer des livres en disant : « Ma grand-mère vous adore. » Je n'en suis pas encore tout à fait là mais l'heure approche. À cinquante-cinq ans, je redécouvre les joies de l'amour non réciproque et des désirs insatisfaits. Le crépuscule est imminent. La brume s'envole vers le ciel comme la fumée d'une cheminée invisible. Le mimosa déverse sa neige jaune sur la table de ping-pong ; la surface bleue est mouchetée de pointillés brillants comme un tableau de Sisley. Les parapentes se croisent au ralenti sur la dune du Pyla comme des papillons sous Xanax. Parfois l'océan s'aplatit, devient lisse comme un miroir, et ma cabane donne alors sur le lac Léman, où sont nés ma femme et mes enfants, dont le retour me comble d'une joie mononucléaire. Deux faisans marchent sur les aiguilles de pin en me toisant avec leurs traînes de plumes rousses – ils se prennent pour des écureuils ou des renards ?! Le dindon est objectivement un animal raté par le Seigneur. Il faut le dire nettement : Dieu a réussi le cygne et loupé le dindon. Il me regarde et glougloute avec sa MST qui pend du bec. Au lieu de se réjouir que je ne sois pas un flingueur de volaille armé de 22 long rifle, il me tance. La dune en face est submergée de brouillard, mais je sais qu'elle apparaîtra demain à onze heures comme tous les jours pour se mirer dans la mer comme une starlette dont le bassin d'Arcachon serait la loge de maquillage. Le danger des reflets du soleil sur la mer et les vitres, ce sont les phosphènes qui s'impriment sur mes rétines et me font voir une réalité mouchetée de vert comme si j'étais Van Gogh après un litre d'absinthe. Pour savoir quelle heure il est au Cap Ferret, nul besoin de montre : si le plafond est violet, c'est qu'il est 19 h 53. Les tourterelles me rendent mièvre : chaque fois que j'en vois une, je cherche son binôme avec l'inquiétude d'une téléspectatrice des *Feux de l'amour*. Je paresse au milieu des palmiers et des bambous, des barques à voile et des pelleteuses mécaniques. C'est depuis mon enfance que je ne veux boire que dans des verres très lourds. Je n'accepte le Philtre que dans des old fashioned rocks tumblers très épais qui doivent impérativement peser une tonne. Ça me rassure si la vodka est en carafe comme chez mon père. Je veux qu'elle fasse du boucan quand je la pose sur son plateau d'argent et que les glaçons rebondissent contre le lowball en cristal à motifs en losange ; je dois me sentir en 1975 et tout doit être de chez Baccarat. Le monde peut alors s'écrouler alentour. Qui sait ? Peut-être que tout s'éteindra en même temps, les étoiles, la lune et nous. La mer fume en automne car l'eau est plus chaude que l'air. Un merle siffle les trois notes introductives d'« Âme caline » de Polnareff. Les étoiles saupoudrées dans le ciel me rappellent les grains de beauté sur le ventre de ma fiancée en 1985. Un long nuage gris, bien qu'en forme de lézard, met malheureusement davantage de temps à décamper que le gecko bronzant sur la terrasse. Mon père a pour devise celle de Plotin : « fuir seul vers l'un » ; mais dans ce cas, pourquoi se reproduire ? Le solipsisme me semble incompatible avec la paternité. La principale incohérence dans la pensée philosophique de mon père est la naissance de ses enfants. Je représente l'échec de sa solitude. Ses parents l'ont enfermé au pensionnat, sa femme l'a quitté : une enfance emprisonnée, une trahison amoureuse et la lecture de Plotin l'ont logiquement mené à l'autarcie. Ses enfants invalident sa théorie, disqualifient sa stratégie, ridiculisent son égotisme. Notre présence au monde constitue un contre-exemple à Plotin. La trajectoire de mon père : passer de Plotin à Parkinson. Il tient à travailler encore, à quatre-vingt-quatre ans. Je suppose que le travail est sa façon de lutter contre la maladie. N'ayant presque plus d'interactions sociales ni familiales, mon père garde son boulot de chasseur de têtes comme arme de dissuasion ultime contre la saloperie qui lui ravage le système nerveux. Monter trois marches d'escalier lui est un supplice. Se lever de son fauteuil, un calvaire. Marcher est dangereux. Et nous faisons tous comme si nous ne le remarquions pas. J'espère qu'il ne prend pas pour du dégoût mon regard fuyant. Je ne fais que mimer l'indifférence par politesse. J'ai bien vu qu'il gardait la main droite dans la poche de sa veste en tweed pour cacher ses tremblements. Puis il a demandé un jus de tomate et il tremblait tellement que le verre sonnait comme une clochette – le mélangeur se cognant contre les parois du verre – avant de se briser, répandant tout son contenu rouge sur son pull blanc, comme si le ventre de mon père était criblé de balles. Nourissier disait que l'avantage avec « Miss P. », c'est qu'on peut dater l'année de sa mort – environ dix ans après les premiers symptômes. On a fortement intérêt à se serrer les uns contre les autres d'ici la date fatidique, et si possible, dès ce soir. Dans *Un roman français*, j'ai manqué de gratitude envers mes parents. J'ai dit qu'ils avaient raté leur mariage mais je ne les ai pas remerciés d'avoir réussi leur divorce. Mon père a souffert discrètement. Il ne nous a jamais dit du mal de l'homme qui lui avait volé sa femme. Il a payé ses pensions alimentaires rubis sur l'ongle pendant vingt ans. Il a permis que la séparation soit saine. Il n'a jamais élevé la voix contre sa femme devant ses enfants. Ma mère non plus n'a jamais critiqué mon père, au contraire elle ne tarissait pas d'éloges sur lui. C'est sans doute cette sérénité qui créa une impression ambiguë : ces deux parents qui disaient tant de bien l'un de l'autre... Pourquoi se quittaient-ils, déjà ? Il est injuste de ne pas avoir de reconnaissance pour cet exploit : nous avons été les enfants d'un divorce impeccable. Je connais beaucoup d'enfants traumatisés par des scènes de ménage parentales. Je suis anesthésié par l'élégante fin de l'amour. Toutes mes ruptures sentimentales furent identiquement molles et silencieuses. Je suis un type qui largue gentiment. La surprotection des garçons a eu l'effet escompté : nous n'avons jamais redoublé, Charles a intégré Math sup et Math spé à Louis le Grand, puis fait Centrale, j'ai eu le bac à seize ans avant d'entrer à Sciences-Po section Service public. Formule pour définir les frères Beigbeder : y'en a un qu'a bossé, l'autre cabossé. Mon père vit seul au fond d'une cour pavée du quai de la Tournelle. Il ne s'en plaint jamais. Il ne peut plus marcher. Il reste chez lui sans bouger. Il dit que cela ne le gêne pas. Ça ne change rien à sa vie : il a toujours été confiné, au pensionnat puis dans son mariage, et enfin dans son célibat en appartements à poutres apparentes ; tous ses appartements se ressemblaient, il a passé toute son existence dans les plus vieilles rues de Paris. Pourquoi ai-je voulu fuir la ville médiévale que le monde entier admire tant ? Le solipsiste regarde la télé et internet. Il m'envoie des vidéos comiques, je lui renvoie poliment un smiley qui pleure de rire, alors que ses vidéos je les ai déjà vues il y a six mois. Parce que c'est lui-même qui me les a déjà envoyées. Et je lui avais déjà répondu par un smiley qui pleure de rire. Quand je ne recevrai plus ses vidéos, peut-être que je pleurerai tout court. Tant que mes parents vivront, je resterai un enfant, le leur. Ensuite, je ne sais pas ce que je deviendrai. Je remercie mes parents de ne pas être morts. Donner la vie n'est pas mal. Ne pas mourir, cinquante ans après, est une preuve de bienveillance. La mort de ma mère, je ne peux même pas l'imaginer. Je suis déjà perdu de son vivant alors si elle meurt, je suis fichu… mais nous sommes tous fichus. Ici, quand la nuit tombe, on n'est jamais certain que le jour reviendra ; le soir monte avec la mer, le ciel s'unit à l'océan dans le noir, comme deux paupières qui se referment. La nuit sur cette langue de sable, ma solitude n'est jamais seule, je vois briller toutes sortes d'yeux alentour, de la chouette sur une branche de pin au ver luisant dans la pelouse, des crabes vernis sur les rochers aux cigarettes des pêcheurs nocturnes qui éclipsent les étoiles. Un ciel bleu Klein est troué de trois halos blancs éblouissants derrière un rideau de bruine fine flottant dans l'air, comme des ovnis dans un bonus DVD de Spielberg inédit. On nomme cela une « gloire » mais je prends ce phénomène pour un miracle. Lara, Oona et Léonard sont arrivés dans ma cabane, ce qui signifie que ce livre va s'achever, puisque ma vie recommence. La lune déjà haute, ocre sourire entre les pins, accueille ma famille en même temps que le soleil. Quand je pense au cadeau que m'a fait Lara en me donnant sa jeunesse depuis l'âge de vingt ans, je sanglote de gratitude. Je l'aime depuis le mardi 14 septembre 2010, vers 21 h 15. J'ai un peu honte de ne pas avoir commencé à l'aimer plus tôt mais cela fait tout de même 4 000 jours que cela dure. J'aime mieux compter en jours, c'est moins effrayant que de se dire : onze ans. Onze ans, mon Dieu, et chaque jour j'ai peur qu'elle se lasse. Est-ce vraiment de l'amour puisque je m'inquiète toujours pour moi ? Le 14 septembre 2010, j'ai eu besoin de Lara Micheli. Un mariage et deux enfants plus tard, j'ai un problème de dépendance. Un camion a déposé d'énormes rochers sur la digue, qu'un tractopelle jaune déménage sans effort, et jette à l'eau pour maintenir en équilibre la pyramide du pertuis. J'ai jeté mon pyjama dans la pelleteuse Caterpillar entre les cailloux d'une tonne. Le port du pyjama m'a ramené en enfance mais maintenant ça suffit, je veux redevenir un FILF (Father I'd Like to Fuck). Phrase après phrase après phrase, j'ai essayé d'extirper des bribes de ma vie, de les arracher au néant pour les imprimer ici, comme les vagues de l'Atlantique déposent sur la grève des bouchons de plastique, minuscules et cependant indestructibles. Encore des goélands qui jouent à frôler l'écume et planer sans effort en rase-mottes, sans pêcher de poissons, juste pour le plaisir. Ils vont becqueter mon pyjama. *Un roman français* est la tentative désespérée d'un homme extrêmement chanceux pour se faire passer pour une victime. Oh oui, plaignez-moi s'il vous plaît. La victimisation est ma seule chance d'être artistiquement correct. Réveillé à six heures du matin par les pieds de Léonard massant mes vertèbres lombaires, j'ai pu contempler l'aurore fugace sur le bassin, un tourbillon de couleurs, pierres roses, sable blond, broussailles émeraude, ciel rouge vif.

Le but de l'océan est de laver la terre à grandes eaux, de la faire resplendir et briller, avant de l'engloutir. Les bulles blanches d'écume éclatent sur le sable dans un bruit de miettes écrasées. La mousse qui survit évoque une île flottante, ce dessert à base de blancs d'œufs montés en neige. Léonard étant alléché, je l'empêche de consommer ce dessert radioactif. À côté de nous, Laura donne le biberon à son fils Léo, Lara se baigne avec Oona et moi je construis un château avec Léonard. À présent, je le sais : le bonheur consiste à sauver des Playmobil perdus dans le sable. Essuyer les fesses de son garçon est la meilleure manière de militer contre le déconstructionnisme. Quand mon fils croque une pomme, je me précipite pour poser mon oreille sur sa tempe, et alors… j'entends les pas d'un enfant qui marche en Moon Boots dans de la neige épaisse, à Verbier, en 1979. Je serre un de ses pieds dans ma main pour l'emprisonner… parce que je sais qu'un jour viendra où ces petits pieds auront grandi et qu'ils s'éloigneront légèrement, pour toujours. Je vais m'occuper de mon père jusqu'au bout. Ose le dire, putain, ose l'écrire maintenant, noir sur blanc, c'est le moment. Je suis follement heureux. La fraternité devrait être prioritaire au fronton des mairies françaises. « Liberté, Égalité, Fraternité » : ce très joli programme politique n'a jamais été mis en application, nulle part au monde. Je suggère que l'on remplace ce vœu pieu par « Fraternité, Humanité, Beauté » (il faut toujours garder le meilleur pour la fin). Ou, plus simplement : « Fraternité, fraternité, fraternité » car il ne faut pas hésiter à répéter les choses auxquelles on croit. La fraternité est un droit de l'homme que l'on devrait inscrire dans le préambule de notre Constitution, au même titre que le droit de se contredire et le droit de s'en aller (chers à Baudelaire), sans oublier le droit de voyager en dehors des vacances scolaires, le droit de s'envoler sans atterrir, le droit de flâner sur les quais de la Seine aux heures de bureau, le droit de danser sur la plage, le droit de mélanger le foie gras avec de la confiture (et le fromage avec du miel) (et les huîtres avec de la vodka), le droit de sourire à quelqu'un sans se faire draguer, le droit de coucher sans sourire, le droit de faire du vélo sous la pluie, le droit de se prendre pour Sartre ou Beauvoir à tour de rôle, le droit de se moquer du Droit, le droit aux caprices passé l'âge de huit ans, le droit de se tromper, le droit de désobéir, le droit de s'endormir à table pendant une conversation politique, le droit de ne pas rire quand ce n'est pas drôle. Je crois en l'humour courtois. Comme hymne national de la France, pour remplacer l'idiote *Marseillaise*, je suggère « Forêts paisibles » de Jean-Philippe Rameau (paroles de Louis Fuzelier) : *« Forêts paisibles, Jamais un vain désir ne trouble ici nos cœurs. S'ils sont sensibles, Fortune, ce n'est pas au prix de tes faveurs. Jouissons dans nos asiles, Jouissons des biens tranquilles ! Ah ! Peut-on être heureux, Quand on forme d'autres vœux ?* » Le capitalisme tel qu'on l'a connu depuis les années 1950 est mort en 2020. Ce que nous pensions normal ne l'était pas. Ce que nous croyions éternel était provisoire. Ce que nous prenions pour solide était fragile. Tout ce sur quoi nous nous reposions n'était pas digne de confiance. La beauté est l'unique valeur refuge. Je suis un réfugié politique qui n'a pas quitté son pays natal. De plus en plus de Français vont se réfugier en leur propre pays, le pays se composera bientôt de petits bastions protégés. On est passé des barricades de 1968 aux claquemurés régionaux. L'exode parisien est un indice de la déception française : la France ne tenant plus ses promesses, on mise désormais sur le Pays basque, le Béarn, la Bretagne ou le bassin d'Arcachon. On se choisit une base arrière, où bâtir des forteresses afin de se gaver de terrine de campagne en attendant l'apocalypse. La France n'est pas en guerre mais son élite creuse déjà des tranchées, construit des clôtures et des digues. Le nationalisme est pathétique ; la nation s'est bien trop ridiculisée depuis cent ans. L'avenir est aux enracinés. Que les choses soient bien claires : ceci est un roman séparatiste. J'écris sur ce sable menacé. C'est donc cela, mon refuge. Le seul lieu que j'ai trouvé pour être heureux sur la terre, c'est une digue. Je croyais vouloir changer le monde et en réalité je viens de m'apercevoir que je veux que rien ne bouge. J'ai fait venir mon père et ma mère dans la cabane Bartherotte, avec ma fille aînée, toute la famille enfin réunie sous le même toit, il ne manque plus que Charles mais avec ses ordinateurs quantiques il trouvera une solution pour être ici et en même temps ailleurs, comme un neutrino dans un accélérateur de particules. Nous voilà tous rassemblés ici, ma famille recollée façon puzzle ou plutôt comme une peinture cubiste, avec le patriarche tremblant qui maintient que Trump a été réélu, la mère qui m'ordonne de finir mon escalope à la crème, Lara et les enfants qui s'aspergent d'eau fraîche avec le tuyau d'arrosage, ma fille aînée Chloë qui joue au ping-pong avec son fiancé et moi qui écris sur mon clavier en buvant de la vodka bio. Je n'ai pas réussi grand-chose dans ma vie mais j'ai tout de même fini par empêcher toutes ces personnes de se quitter. Si j'essaie de condenser en une phrase ce que mes parents m'ont transmis, voici ce que cela donne : la vie est une suite de vaisselles sales, de disputes conjugales, de passions qui tournent à l'ennui, de femmes sublimes, de séducteurs internationaux et d'enfants qui jouent, de poubelles qui débordent et de linge à repasser, de tempêtes et d'inondations, de crises d'hypoglycémie, de coups de foudre, de plombiers injoignables, de joies imprévisibles et de déceptions insurmontables, et si ça ne te convient pas, suicide-toi. Je ne vais pas transmettre le message de cette manière à mes enfants, j'espère que je le leur ferai comprendre moins brutalement. Je suis enfin entré dans le tableau de Gorostarzu, assis dans le fauteuil rayé de blanc et de vert devant la mer, mais je m'aperçois que le peintre basque a commis une erreur. Il manque quelque chose dans son tableau. Autour de moi, sur cette plage, il y a des gens, plusieurs personnes très importantes, âgées de deux à quatre-vingt-cinq ans, qui vivent. Je les vois se tenir par la taille et par le cou. Certains dansent, nagent ou parlent, d'autres lisent ou ne font strictement rien. Je n'ai pas besoin de déverser des tonnes de rochers dans l'océan, ni même de savoir peindre à l'huile sur une toile. Il me suffit de me souvenir de cet instant, de le graver ici, sur cette page, et alors aucune de ces personnes ne disparaîtra jamais. Je fais désormais partie de la secte de la Bartherotte Family. Je comprends enfin pourquoi je voulais revenir ici. Je cherchais un abri antiatomique, un phalanstère autonomiste. Nous formons une bande de barbus hirsutes, pieds nus sur un lopin de sable humide protégé par un mur de caillasse sous-marine. J'agglomère mes parents dans la location où, chaque semaine, des filles et des garçons paient cher pour se marier provisoirement. « L'art est une protestation de l'homme contre la nature », note Michel Leiris dans son journal, à la date du 14 décembre 1922. Donc la digue Bartherotte est de l'art. Benoît a remplacé les blockhaus allemands par sa propre défense en béton, qui a mieux fonctionné, pour le moment. Cet homme protège son paradis avec une Jeep comme une sentinelle kényane dans une réserve d'éléphants. Son prénom a tout déterminé. Les Bénédictins (l'ordre fondé par saint Benoît il y a 1492 ans) sont les gardiens de la civilisation, les inventeurs du clergé régulier, chargés de conserver et transmettre la culture classique. Rabelais était un moine bénédictin. Et dom Pérignon ! Loué soit le Seigneur, on va bien s'amuser. À avoir remplacé la foi par l'angoisse, avons-nous tellement gagné au change ? À Monte Cassino, il a fallu trois cents bombardiers alliés pour détruire le plus ancien monastère bénédictin, datant de 529, au sommet de sa colline italienne. Même s'il ne nous reste que quelques mois à vivre, on va les savourer. Nous avons des bouteilles haut de gamme et un gardien armé, dont le visage a été arraché par un accident de moto. Bartherotte : ce nom sonne comme Bartleby, le personnage de Herman Melville qui répète toute la journée : « J'aimerais mieux pas. » Désolé on aimerait mieux pas. On résistera jusqu'au fond de l'eau, jusqu'au bout de la grève. Qu'ils viennent nous déloger. L'Atlantique ou les flics, le gang des Gentils ou les Barbares Sanitaires. Qu'ils essaient. On les attend. On ne lâchera rien. Foutu pour foutu, on défendra cher notre peau. Mon père se déplace difficilement, en appui sur deux bâtons de ski pour garder l'équilibre. Ma mère a fait le voyage depuis Paris pour aider son ex-mari à porter ses valises dans le train. Les vieux divorcés ont ainsi pu voir leurs petits-enfants, qui ont grandi depuis l'an dernier. Nous n'habitons plus la même ville ; plus le temps passe et plus ce genre de réunion est difficile à organiser. La pandémie, censée nous éloigner les uns des autres, a eu l'effet inverse. Durant ces quelques jours passés chez Benoît, trois générations de ma famille furent réunies par la désobéissance festive. Ma mère a lavé à la main avec du Perrier le pull taché de mon père. J'ai regardé l'ancien playboy s'appuyer sur son ex-femme pour marcher vers la digue. « Alors elle est où cette dune dont tout le monde me parle ? » a-t-il demandé. « En face de toi », a répondu ma mère. Il a levé les yeux. Devant lui, l'immense montagne de sable rose scintillait dans la lumière du soir. Il l'a contemplée en silence. J'ai eu envie de poser ma main sur l'épaule de mon père mais je ne l'ai pas fait. Je le fais maintenant. Ce serait pratique si l'on pouvait choisir les gens qu'on va aimer toute sa vie mais le cœur humain fonctionne autrement. Il ne prend aucune décision. Quelques personnes lui sont attachées pour toujours ; nous n'avons aucun pouvoir sur nos sentiments. Personne n'a dit « je t'aime » à personne et pourtant c'est bien cette chose qui nous unissait au bout de cette langue de terre salée. L'amour, même vieux, usé et fatigué, reste de l'amour.

Cap Ferret, 2020-2021

Cet ouvrage a été imprimé sur Roto-Page
par l'Imprimerie Floch à Mayenne
pour le compte des éditions Grasset
en décembre 2021.

Composition et mise en pages
Nord Compo à Villeneuve-d'Ascq

Grasset s'engage pour l'environnement en réduisant l'empreinte carbone de ses livres. Celle de cet exemplaire est de :
550 g éq. CO_2
Rendez-vous sur www.grasset-durable.fr

PAPIER À BASE DE FIBRES CERTIFIÉES

N° d'édition : 22256 – N° d'impression : 99435
Dépôt légal : janvier 2022
Imprimé en France